中国学生必读的经典文库

# 岳飞传

（清）钱彩 著
《成长必读》编委会 改编

黄河出版传媒集团
宁夏人民出版社

图书在版编目(CIP)数据

岳飞传 /(清)钱彩著;《成长必读》编委会改编 . —银川:宁夏人民出版社,2010.12

(中国学生必读的经典文库)

ISBN 978-7-227-04669-1

I. ①岳…　II. ①钱…　②成…　III. ①章回小说—中国—清代—缩写本　IV.①I 242.4

中国版本图书馆 CIP 数据核字(2011)第 001902 号

岳飞传(中国学生必读的经典文库)

(清)钱彩 著《成长必读》编委会 改编

责任编辑　刘建英　白　雪
封面设计　郑　奇
责任印制　李宗妮

黄河出版传媒集团
宁夏人民出版社　出版发行

地　　址　银川市北京东路 139 号出版大厦(750001)
网　　址　www.nxcbn.com
网上书店　www.hh-book.com
电子信箱　nxhhsz@yahoo.cn
邮购电话　0951-5044614
经　　销　全国新华书店
印刷装订　北京昌平新兴胶印厂

开本　710 mm × 1000 mm　1/16　　印张　13　　字数　170 千
印刷委托书号(宁)0006158　　印数　5000 册
版次　2011 年 1 月第 1 版　　印次　2011 年 1 月第 1 次印刷
书号　ISBN 978-7-227-04669-1/I·1218

定价　26.80 元

# 岳飞传

## 前言

《岳飞传》是一部叙述南宋抗金名将岳飞壮丽一生的章回体小说，也是古代英雄传奇小说中的经典作品，从岳飞出世、求师学艺、崭露头角、领兵抗金、战功卓著、临危受命、威名远震，直至风波亭遇害，全面生动地记录了岳飞传奇的一生。

《岳飞传》生动地展现了两宋之际中原民众英勇抗金的宏大历史画面，描绘了岳飞读书习武、英勇杀敌并成长为抗金名将的人生历程，将主人公岳飞高尚的爱国情怀和道德情操刻画得淋漓尽致，书中还塑造了牛皋、韩世忠、岳云等一大批历史上确有其人或出于虚构的英雄形象，歌颂了这些扶大厦于将倾，挽狂澜于既倒，不屈不挠、前赴后继的英雄人物，同时，书中对卖国求荣、陷害忠良的秦桧、张邦昌等奸臣也大加鞭笞，以警醒世人。

本系列专为少年儿童量身打造，保持原汁原味的原著风貌，再现经典的神韵风采；萃取耳熟能详的精彩情节，引人入胜更历久弥新；运用通俗晓畅的白话语言，简洁易懂又朗朗上口；配以动感传神的精美插图，享受视觉的饕餮盛宴……让读者在短时间内与经典名著来一次亲密接触，轻松踏上古典文化之旅，走进博大精深的中国传统经典名著的圣殿！

# 岳飞传 目录

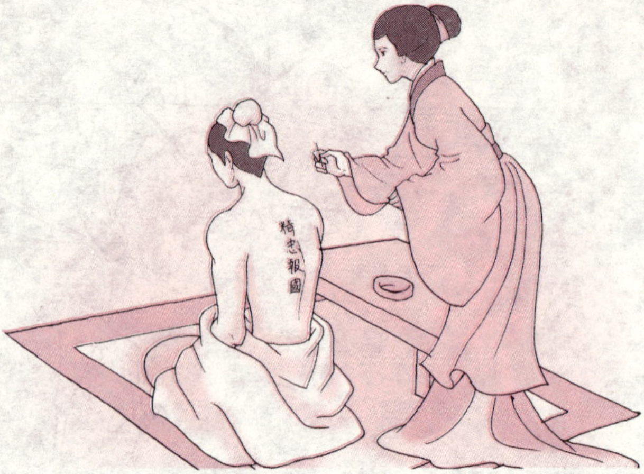

第一回 降人世遇洪水 …… 1

第二回 随堂考显威风 …… 8

第三回 乱草冈降牛皋 …… 15

第四回 武考结怨洪先 …… 22

第五回 比武枪挑粱王 …… 28

第六回 三关陷黄河失 …… 38

第七回 奸臣卖国求荣 …… 47

第八回 康王脱身登基 …… 54

第九回 岳母为忠刺字 …… 61

第十回 八盘山胜金兵 …… 68

第十一回 青龙山破金兵 …… 74

第十二回 邦昌陷害忠良 …… 80

第十三回 六兄弟闹京城 …… 87

第十四回 岳飞保驾高宗 …… 93

第十五回 牛皋催粮收将 …… 99

第十六回 挑车高宠丧命 …… 106

第十七回 金兵突袭岳庄 …………………… 113
第十八回 牛头山破金兵 …………………… 118
第十九回 梁红玉战金山 …………………… 123
第二十回 兀术战败逃脱 …………………… 129
第二十一回 秦桧叛国返宋 …………………… 135
第二十二回 杨再兴勇殉难 …………………… 141
第二十三回 汤怀自杀殉国 …………………… 148
第二十四回 遇劲敌陆文龙 …………………… 153
第二十五回 王佐断臂假降 …………………… 158
第二十六回 岳飞破连环马 …………………… 168
第二十七回 破金龙绞尾阵 …………………… 178
第二十八回 十二金召岳飞 …………………… 185
第二十九回 岳飞遭陷遇害 …………………… 191

# 第一回 降人世遇洪水

宋徽宗崇宁二年（1103年）农历二月的一个晚上，一个男婴降生在河南省汤阴县永和乡的一户地主家。婴孩的父亲岳和为人忠厚、重义气，勤劳简朴，热心助人，深得乡人邻里爱戴。唯一遗憾的是，岳和年过半百，夫人姚氏也已四十多岁，膝下却无子。现如今中年得子，自然欣喜异常。这天晚上，岳家大院张灯结彩，大家喜气洋洋地忙着预备新生儿三朝的庆典。

岳和正在内室抚弄幼子，老仆人进来禀告说有个道人坚持要见老爷，已在门外等了很久。岳和忙命人请进来。不一会儿，道士来到厅堂，岳和见那道士鹤发童颜，骨格清奇，便知是得道高人，于是以礼相待，宾主相识后，岳和从内室抱出幼子，恳请道士赐个名字。道士一看，暗吃一惊，原来新生儿生得顶高额阔，鼻直口方，长相非凡，道士心

岳和将儿子抱出来，让老道士给取个名字

xiǎng nán guài zì jǐ
想难怪自己
gāng cái kàn jiàn yí gè
刚才看见一个
dà péng rào zhe yuè jiā
大鹏绕着岳家
de zhuāng yuàn pán
的庄院盘
xuán jiǔ jiǔ bù kěn
旋，久久不肯
lí qù dào shi biàn
离去。道士便
shuō lìng láng zhǎng
说：“令郎长
xiàng fēi fán jiāng lái
相非凡，将来
yí dìng xiàng dà péng zhǎn chì gāo zhòng jǔ rén jiù qǔ míng fēi biǎo zì péng jǔ
一定像大鹏展翅，高中举人，就取名‘飞’，表字‘鹏举’
ba yuè hé tīng le shí fēn mǎn yì zài sān dào xiè mìng rén zhǔn bèi yàn xí rè qíng kuǎn
吧！”岳和听了十分满意，再三道谢，命人准备宴席，热情款
dài nà wèi dào rén
待那位道人。

chī guò fàn hòu dào shi qǐ shēn gào cí yuè hé sòng dào yuàn mén kǒu dào shi kàn jiàn
吃过饭后，道士起身告辞，岳和送到院门口。道士看见
jiē xià yǒu liǎng kǒu hé huā cí gāng biàn zài qí zhōng yì kǒu gāng shang yòng guǎi zhàng huà le sān
阶下有两口荷花瓷缸，便在其中一口缸上用拐杖画了三
dào líng fú kǒu zhōng niàn niàn yǒu cí yuè hé bù míng hé yì zhèng yào wèn zhǐ tīng nà dào
道灵符，口中念念有词。岳和不明何意，正要问，只听那道
shi shuō sān tiān zhī nèi lìng láng rú guǒ shòu le shén me jīng xià ràng fū rén bào le xiǎo guān
士说：“三天之内令郎如果受了什么惊吓，让夫人抱了小官
rén zuò dào zhè ge huā gāng nèi kě bǎo wú shì yuè hé lián lián dào xiè xīn li què bú
人坐到这个花缸内，可保无事。”岳和连连道谢，心里却不
zài yì rán hòu nà dào shi yǔ yuè hé cí bié chū le zhuāng mén piāo rán ér qù
在意。然后那道士与岳和辞别，出了庄门，飘然而去。

道士走到其中一口缸旁，画了三道灵符

第三天，岳家庄高朋满座，亲朋好友都来庆贺新生儿的三朝。众人都闹着要看看小岳飞。岳和将小岳飞抱到众人面前。众人你一言我一语夸赞着向小岳飞祝福，小岳飞也好奇地转着眼珠四处张望，非常可爱。这时从人群中钻出一个十来岁的男孩子，冒失的抓起小岳飞粉嫩的小手往上一抬，叫着：“好可爱的小官人啊！”小岳飞被这突如其来的动作吓得哇哇大哭，众人一边责怪那男孩莽撞，一边逗哄，但都无济于事，客人眼见天色已晚，也都各自散去。

岳和夫妇想尽办法也没能阻止小岳飞的啼哭，检查身体也不见有任何伤痕。正在束手无策的时候，岳和突然想起前几天道士临走时告诫他的那句话，便抱着试试的心态，命仆人拿了条绒毡垫在缸里，扶着姚氏坐了进去。说来也奇，这小岳飞一进去，立即就停止了啼哭。

岳和夫妇正在称奇时，忽然听见外面天崩地裂般的一声巨响，夹杂着呼救声、崩塌声，由远及近。岳和大叫一声："遭了，内黄堤围决口了！"一排浊浪从东向西狂奔而来，霎时岳家村成了一片汪洋。岳和慌乱中还没来得及找到可以浮水的东西，浪头已经汹涌的冲了过来。岳和抓住缸沿，身体在水中起起浮浮。姚氏在缸内急得大哭："这可怎么办啊？"岳和叫道："夫人，全仗你保全岳氏这点血脉了！我……"岳和话音未落，一个浪头迎面打来，将他打落水中，转眼岳和就不见了。姚氏哪受得了这样的打击，惨叫一声，晕了过去。

荷花瓷缸一路随波逐流被冲到了河北内黄县境内。离县城三十余里的地方有个麒麟村，村里住着一位叫王

岳和抓住缸沿，身体在水中起伏

míng de yuán wài fū fù dū wǔ shí duō suì lè shàn hào shī shì yǒu míng de huó pú
明的员外，夫妇都五十多岁，乐善好施，是有名的“活菩
sà zhè tiān wáng yuán wài chū qù bàn shì gāng chū mén jiù jiàn hé biān wéi zhe yì qún
萨”。这天，王员外出去办事，刚出门，就见河边围着一群
rén pú rén lián máng qián qù dǎ tàn bù yí huì er pǎo huí lái shuō yuán wài shì
人。仆人连忙前去打探，不一会儿，跑回来说：“员外，是
huáng hé jué dī le chōng xià lái yī kǒu hé huā cí gāng lǐ miàn zuò zhe yí gè huái bào
黄河决堤了，冲下来一口荷花瓷缸，里面坐着一个怀抱
yīng hái de fù rén dà jiā dōu bù zhī dào gāi zěn me bàn wáng yuán wài jí máng gǎn guò
婴孩的妇人，大家都不知道该怎么办！”王员外急忙赶过
qù kàn dào zhè zhǒng qíng kuàng lián máng mìng rén yòng gōu náo lián gāng dài rén tuō le shàng
去，看到这种情况，连忙命人用钩挠连缸带人拖了上
lái nà fù rén yǐ jīng yǎn yǎn yì xī wáng míng biàn xiàng fù jìn rén jiā tǎo le yì wǎn rè
来。那妇人已经奄奄一息，王明便向附近人家讨了一碗热
tāng gěi tā hē yáo shì hē wán tāng hòu lüè huī fù le xiē yì shí xiǎng qǐ shēng sǐ wèi bǔ
汤给她喝。姚氏喝完汤后略恢复了些意识，想起生死未卜
de zhàng fu yòu bēi qī de kū qǐ lái biān kū biān xiàng dà jiā sù shuō le zāo zāi jīng guò
的丈夫又悲戚地哭起来，边哭边向大家诉说了遭灾经过。

wáng míng jiàn tā yǐ wú jiā kě guī biàn liú tā dào jiā li zàn zhù yǐ hòu màn màn tàn tīng
王明见她已无家可归，便留她到家里暂住，以后慢慢探听
yuè hé de xià luò
岳和的下落。

wáng míng dài zhe yáo shì mǔ zǐ huí dào jiā zhōng xiàng qī zi hé shì shuō míng le yuán
王明带着姚氏母子回到家中，向妻子何氏说明了原
wěi hé shì jiàn yí gè fù rén jiā dài zhe áo áo dài bǔ de hái zi zāo cǐ zāi huò shí fēn
委。何氏见一个妇人家带着嗷嗷待哺的孩子遭此灾祸，十分
tóng qíng máng fēn fù yā huan men zhǔn bèi rè tāng rè cài yòu quàn wèi le yì fān bìng jiāng
同情，忙吩咐丫鬟们准备热汤热菜，又劝慰了一番，并将
dōng shǒu kōng fáng shōu shi hǎo ān dùn tā men mǔ zǐ zhù xià yí lián jǐ tiān wáng míng sì
东首空房收拾好，安顿她们母子住下。一连几天，王明四
chù xún fǎng yuè hé xiāo xi jūn yǎo wú yīn xùn dà jiā chuǎi cè tā yǐ jīng zàng shēn shuǐ dǐ
处寻访岳和消息，均杳无音讯，大家揣测他已经葬身水底
le yáo shì bēi tòng wàn fēn zhi dé jì jū zài wáng jiā yáo shì shì gè zhī ēn tú bào zhī
了。姚氏悲痛万分，只得寄居在王家。姚氏是个知恩图报之
rén tā duì wáng yuán wài fū fù de jiù mìng zhī ēn shí fēn gǎn jī dàn tā wú yǐ huí bào
人，她对王员外夫妇的救命之恩十分感激，但她无以回报，

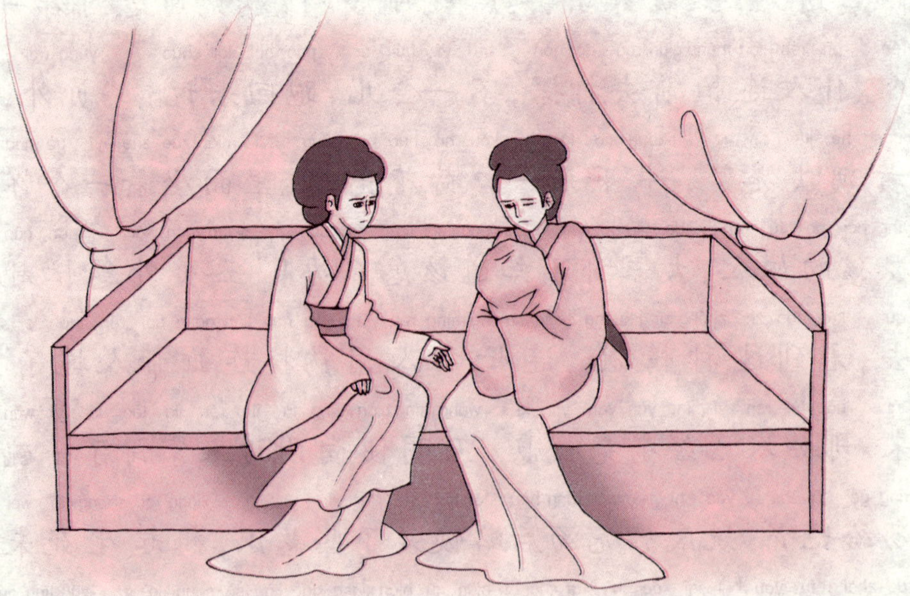

何氏十分同情姚氏，安顿她们母子住下

zhǐ dé zài yuán wài jiā dǎ sǎo féng bǔ cóng bù xiè dài hé shì yě shì gè zhī shū dá lǐ
只得在员外家打扫缝补，从不懈怠。何氏也是个知书达礼
zhī rén jiàn tā rú cǐ gèng bǎ tā dàng zuò qīn mèi mei yí yàng cóng cǐ yáo shì mǔ zǐ yǔ
之人，见她如此，更把她当做亲妹妹一样，从此姚氏母子与
wáng míng yì jiā qí lè róng róng de shēng huó zài yì qǐ yě zhēn shì hǎo rén yǒu hǎo bào dì
王明一家其乐融融地生活在一起。也真是好人有好报，第
èr nián hé shì yě shēng xià le yí gè ér zi qǔ míng wáng guì
二年，何氏也生下了一个儿子，取名王贵。

# 第二回 随堂考显威风

suì yuè rú suō zhuǎn yǎn jiān yuè fēi yǐ jīng zhǎng dà chéng rén le tā hé ér shí de
岁月如梭，转眼间岳飞已经长大成人了。他和儿时的
wán bàn wáng guì zhāng xiǎn tāng huái yì qǐ dú shū xué xí bìng qiě bài zhōu dòng wéi shī xué
玩伴王贵、张显、汤怀一起读书学习，并且拜周侗为师学
xí wǔ yì yuè fēi píng zhe qín fèn kè kǔ liàn de yì shēn jīng zhàn de wǔ yì yì tiān
习武艺。岳飞凭着勤奋刻苦，练得一身精湛的武艺。一天，
qí lín cūn de lǐ zhǎng tōng zhī dà jiā shuō xiàn li běn yuè shí wǔ rì yào kǎo wǔ tóng tā
麒麟村的里长通知大家，说县里本月十五日要考武童，他
yǐ jiāng yuè fēi wáng guì zhāng xiǎn tāng huái de míng zi shàng bào zhǔ fù dà jiā zuò hǎo yìng
已将岳飞、王贵、张显、汤怀的名字上报，嘱咐大家做好应
shì zhǔn bèi zhōu dòng huí dào xué táng fēn fù dì zǐ men qù bèi bàn gōng mǎ yī fu
试准备。周侗回到学堂，吩咐弟子们去备办弓马衣服。

kǎo shì nà tiān tāng huái shēn zhuó bái páo tóu dài bái jīn wài zhào xiù huā kǎn jiān
考试那天，汤怀身着白袍，头戴白巾，外罩绣花坎肩；
zhāng xiǎn lǜ páo lǜ jīn wài dài hóng kǎn jiān wáng guì chuān le yì shēn hóng zhuāng huǒ tàn
张显绿袍绿巾，外带红坎肩；王贵穿了一身红装，火炭
yì bān rě de zhòng rén yí zhèn hōng xiào zhōu dòng shī tú sì rén yì zǎo biàn dào le nèi huáng
一般，惹得众人一阵哄笑。周侗师徒四人一早便到了内黄
xiàn jiào chǎng zhǐ jiàn jiào chǎng nèi rén tóu cuán dòng zuò wú xū xí shī tú sì rén xuǎn le
县校场，只见校场内人头攒动，坐无虚席。师徒四人选了
gè pì jìng de chá péng zuò xià zhè shí gè xiāng gè zhèn de wǔ tóng dōu yǐ jìn chǎng xiàn
个僻静的茶棚坐下。这时，各乡各镇的武童都已进场，县
guān lǐ chūn yě yǐ dào yǎn wǔ tīng nèi zuò dìng zhǔn bèi kāi shǐ kǎo shì bǐ wǔ dì yī xiàng
官李春也已到演武厅内坐定，准备开始考试。比武第一项
shì shè jiàn kǎo shēng men yí gè ge jīng shén dǒu sǒu yǎn wǔ tīng nèi lā gōng shè jiàn zhī shēng
是射箭，考生们一个个精神抖擞，演武厅内拉弓射箭之声

岳飞、王贵、张显、汤怀在一旁摩拳擦掌，跃跃欲试

bù jué yú ěr yuè
不绝于耳。岳
fēi wáng guì zhāng
飞、王贵、张
xiǎn tāng huái yě zài
显、汤怀也在
yì páng jiāo jí dài
一旁焦急待
mìng yuè yuè yù shì
命，跃跃欲试。
zhōu dòng fēn fù wáng
周侗吩咐王
guì tāng huái zhāng
贵、汤怀、张
xiǎn děng huì er diǎn
显：“等会儿点
dào qí lín cūn de wǔ
到麒麟村的武
tóng nǐ men sān rén xiān qù rú guǒ yǒu rén wèn yuè fēi wèi hé méi lái nǐ men zhǐ dá
童，你们三人先去。如果有人问‘岳飞为何没来’，你们只答
suí hòu jí dào yuè fēi wǔ yì zài nǐ men zhī shàng tā xiān chū chǎng jiù xiǎn bù chū nǐ
‘随后即到’。岳飞武艺在你们之上，他先出场就显不出你
men le sān rén lián lián diǎn tóu dā ying
们了。”三人连连点头答应。

bù yí huì er kǎo guān diǎn míng qí lín cūn de wǔ tóng shàng chǎng shí zhāng xiǎn wáng
不一会儿，考官点名麒麟村的武童上场时，张显、王
guì tāng huái sān rén qí shēng dā ying zhe zǒu dào lǐ chūn miàn qián lǐ chūn yīn xiān qián bǐ
贵、汤怀三人齐声答应着，走到李春面前。李春因先前比
shì de wǔ tóng wǔ yì tài chà zhèng yǒu diǎn yàng yàng bú yuè jiàn qí lín cūn zhè sān gè wǔ
试的武童武艺太差，正有点怏怏不乐，见麒麟村这三个武
tóng yí fù xióng jiū jiū qì áng áng de shén tài bù jīn wéi zhī yí zhèn hòu jiàn shǎo le yuè
童一副雄赳赳、气昂昂的神态，不禁为之一振，后见少了岳
fēi guǒ rán wèn yuè fēi zěn me méi lái wáng guì qiǎng xiān dá dào tā suí hòu biàn
飞，果然问：“岳飞怎么没来？”王贵抢先答道：“他随后便

张显、王贵、汤怀要求把箭垛再摆远点儿

到。”李春便说：“那你们先考弓箭吧。”便传令，叫他们三个瞄射。汤怀说：“考生请示老爷将箭垛摆远一点儿！”李春即命校尉将箭垛往后移。三人要求再摆远点儿，李春暗暗吃惊又命校尉移了一百步，连挪了三次，直到摆到一百二十步开外。

这时，三人下阶站定，屏气凝神，弯弓搭箭，只见三箭齐发，嗖嗖地几声箭响，三支箭箭箭上垛，毫无虚发，三人将周侗所教本事全部发挥出来了！四周一片欢呼和喝彩之声。李春见此十分高兴，便问：“是谁传授你们三人射箭之术的？”汤怀忙上前答道：“家师是关西人，姓周名侗。”李春一听说是周侗，忙起身说：“令师是本县的好友，快请上来相见吧。”汤怀说在场外的茶棚内。李春立刻派了一员校尉，同汤怀三人一起去请周侗。

周侗带着岳飞来到演武厅，李春忙下厅相迎，两人行礼互致问候，岳飞也上前行礼。周侗说：“这是愚兄的义子岳飞，晚到一步，现在请贤弟看他的弓箭如何！”李春见岳飞相貌堂堂，彬彬有礼，心里已有了几分好感，便说：“令徒武艺尚佳，令郎一定更好，无需再看了。”周侗连忙摆手：“为国选才要公正严明，也要大家心悦诚服，怎么可以敷衍了事！”李春一笑，便问：“令郎能射多少步？”周侗说：“义子年纪虽小，却有些蛮力，能射得二百四十步。”李春表面称赞，心里却不信，便吩咐校尉将箭垛摆到二百四十步处。

岳飞走下台阶站好，立定身，拈定弓，搭上箭，啪啪啪九箭连发。演武厅里擂鼓的人连忙擂鼓，从第一支擂起，一阵高过一阵。九箭连发，支支中的，考场外观考的人赞不绝口，齐声喝彩，声如雷动。校尉将箭垛拿到李春面前。李春一看，九支箭射进同一个孔，整整齐齐地攒在箭垛上。如此高超的箭法真是难得一见，李春不禁大为惊叹。

岳飞连发九箭，箭无虚发，校场内欢声雷动

lǐ chūn jiàn
李春见
yuè fēi wǔ yì gāo
岳飞武艺高
qiáng yuè kàn yuè
强，越看越
mǎn yì sī xià
满意，私下
li lā zhù zhōu dòng
里拉住周侗
wèn dào xiǎo dì
问道："小弟
yǒu yí gè shí wǔ
有一个十五
suì de nǚ ér
岁的女儿，
dà gē ruò bù xián
大哥若不嫌
qì yuàn jiāng xiǎo nǚ xǔ pèi lìng láng bù zhī zūn yì rú hé zhōu dòng xiào zhe shuō rú
弃，愿将小女许配令郎，不知尊意如何？"周侗笑着说："如
cǐ gèng hǎo zhǐ pà quǎn zǐ gāo pān bù qǐ a lǐ chūn shuō nǐ wǒ dì xiong hé bì
此更好，只怕犬子高攀不起啊。"李春说："你我弟兄，何必
kè tào míng tiān jiù sòng xiǎo nǚ gēng tiě lái zhōu dòng xiè le yòu ràng yuè fēi bài guò yuè
客套，明天就送小女庚帖来。"周侗谢了，又让岳飞拜过岳
fù fù zǐ liǎ biàn gào cí tóng zhòng yuán wài yì qǐ chū chéng huí cūn
父，父子俩便告辞同众员外一起出城回村。

dì èr tiān zhōng wǔ lǐ chūn bǎ nǚ ér de gēng tiě pài rén sòng dào le yuè jiā yuè
第二天中午，李春把女儿的庚帖派人送到了岳家，岳
mǔ jiàn ér zi dìng le zhè me hǎo de yì mén qīn shì xiào zhú yán kāi dàng tiān zhōu dòng yòu
母见儿子订了这么好的一门亲事，笑逐颜开。当天，周侗又
dài le yuè fēi qù xiè qīn lǐ chūn zài yá nèi bǎi le yì zhuō jiǔ xí xiāng yíng liáo tiān zhī
带了岳飞去谢亲，李春在衙内摆了一桌酒席相迎。聊天之
jì lǐ chūn jiàn yuè fēi méi yǒu zuò qí biàn yào yuè fēi zì jǐ qù mǎ fáng tiāo yì pǐ mǎ
际，李春见岳飞没有坐骑，便要岳飞自己去马房挑一匹马。

yuè fēi lián kàn le jǐ pǐ dōu bù hé xīn yì hū rán tīng jiàn qiáng jiǎo yì shēng sī jiào zhuǎn
岳飞连看了几匹都不合心意，忽然听见墙角一声嘶叫，转
shēn yí kàn qiáng jiǎo shuān zhe yì pǐ cháng yuē yí zhàng shēn gāo bā chǐ de xuě bái tù tóu
身一看，墙角拴着一匹长约一丈身高八尺的雪白兔头
mǎ yuè fēi miàn lù xǐ sè jiě kāi shéng suǒ zhèng yào yuè shēn shàng mǎ nà mǎ tū rán
马。岳飞面露喜色，解开绳索，正要跃身上马，那马突然
sī jiào zhe qián tí yuè qǐ yuè fēi shùn shì yì bǎ zhuā zhù mǎ zōng tiào shàng mǎ bèi nà
嘶叫着前蹄跃起，岳飞顺势一把抓住马鬃，跳上马背。那
mǎ xìng zi jí liè bú zhù de tī teng bēn yuè dàn yuè fēi shǐ zhōng jǐn zhuā zōng máo bú fàng
马性子极烈，不住地踢腾奔跃，但岳飞始终紧抓鬃毛不放。
hòu lái nà liè mǎ tiào lèi le cái fú fu tiē tiē de zhàn zhù lǐ chūn jiào rén qǔ lái yí
后来那烈马跳累了，才服服帖帖地站住。李春叫人取来一
fù hǎo ān chàn bèi zài mǎ shang dà jiā kàn le lián shēng zàn tàn shì pǐ jùn mǎ yuè fēi
副好鞍鞯，备在马上。大家看了连声赞叹是匹俊马。岳飞

岳飞看到一匹雪白兔头马被拴在墙角

谢过岳父，三人重新入席，又一边喝酒一边畅谈了一番，周侗、岳飞见天色已晚，便起身告辞。师徒二人翻身上马，出了县城。周侗想试探那马的脚力，叫岳飞加上一鞭试试。岳飞也不扬鞭，只用双腿略微一夹，那马便像闪电一般飞奔起来，一下子将周侗甩到了后面。周侗心里暗自高兴，也加了几鞭，紧随其后。父子二人一前一后，直跑到麒麟村口，才下马进村。

# 第三回 乱草冈降牛皋

nà wǎn zhōu dòng yuè fēi èr rén cóng lǐ chūn jiā huí lái yí lù kuài mǎ jiā biān de
那晚，周侗、岳飞二人从李春家回来，一路快马加鞭的
jí chí lèi de mǎn tóu dà hàn zhōu dòng huí dào shū fáng tuō le wài yī yòng pú shàn shān
疾驰，累得满头大汗。周侗回到书房，脱了外衣，用蒲扇扇
le hǎo yí huì er chuǎn xī cái píng wěn le zhōu dòng zuò le yí huì er hū rán jué de tóu
了好一会儿，喘息才平稳了。周侗坐了一会儿，忽然觉得头
hūn yǎn huā xiōng mèn fù zhàng zuò lì bú zhù zhǐ dé qù chuáng shang tǎng zhe yuè fēi tīng
昏眼花，胸闷腹胀，坐立不住，只得去床上躺着。岳飞听
shuō mǎ shàng gǎn guò lái cì hou cùn bù bù lí wáng guì tāng huái děng bù shí dào chuáng
说，马上赶过来伺候，寸步不离。王贵、汤怀等不时到床
qián wèn hòu yuán wài men yě qiú yī wèn bǔ kě zhōu dòng de bìng shì shí hǎo shí huài yán zhì
前问候，员外们也求医问卜，可周侗的病势时好时坏，延至
dì qī tiān bìng shì hū rán jiā zhòng zhōu dòng zhī dào zì jǐ lí huáng quán lù yǐ jìn jiù
第七天，病势忽然加重。周侗知道自己离黄泉路已近，就
jiào lái yuè fēi wáng guì děng xiōng dì sì rén jí wáng míng děng jǐ wèi yuán wài zhǔ tuō hòu shì yòu jiāng zì jǐ de suí shēn wù pǐn dōu zèng gěi le yuè fēi zhōu dòng dīng zhǔ
叫来岳飞、王贵等兄弟四人及王明等几位员外嘱托后事，又将自己的随身物品都赠给了岳飞。周侗叮嘱

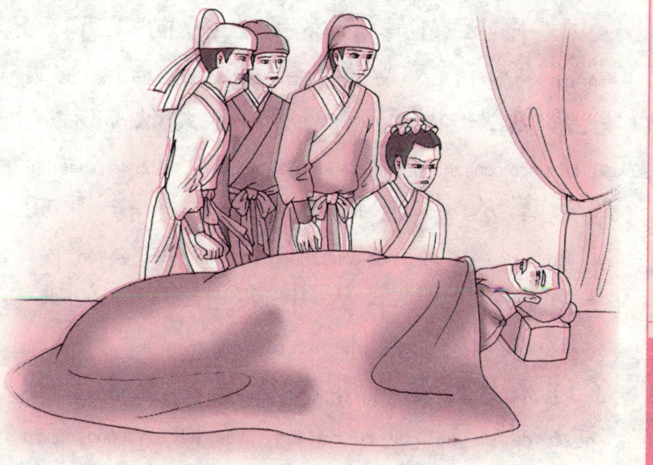

周侗病危，叫岳飞等过来嘱托后事

yuè fēi xiōng dì sì rén yào hé zhōng gòng jì yǒu zhāo yí rì bào xiào guó jiā shōu huí jiāng
岳飞兄弟四人要和衷共济，有朝一日报效国家，收回疆
tǔ sì rén hán lèi dā ying zhōu dòng kè rán cháng shì yuè fēi háo táo dà kū zhòng rén yě
土。四人含泪答应。周侗溘然长逝，岳飞号啕大哭，众人也
dōu bēi tòng yù jué
都悲痛欲绝。

zhòng rén liào lǐ le zhōu dòng de hòu shì yuè fēi zài mù biān dā le gè lú péng dú
众人料理了周侗的后事，岳飞在墓边搭了个芦棚，独
zì zhù zài nà lǐ shǒu mù měi féng jì rì yuè fēi dōu yào zài mù qián jì diàn yì fān jì
自住在那里守墓。每逢祭日，岳飞都要在墓前祭奠一番。祭
diàn shí yuè fēi zǒng shì yǐn gōng sān fā yǐ gào jiè zì jǐ bú yào wàng jì shī fu jiào dǎo
奠时，岳飞总是引弓三发，以告诫自己不要忘记师父教导
zhī ēn rán hòu cái jiāng jì ròu mái zài mù páng jiāng jiǔ sǎ zài fén qián tòng kū yì chǎng
之恩，然后才将祭肉埋在墓旁，将酒洒在坟前，痛哭一场。

shí guāng fēi shì zhuǎn yǎn jiù dào le dì èr nián de qīng míng jié zhè tiān wáng míng
时光飞逝，转眼就到了第二年的清明节。这天王明
děng dài zhe ér zi men lái gěi zhōu dòng shàng fén fēn fēn quàn shuō yuè fēi huí jiā shì yǎng lǎo
等带着儿子们来给周侗上坟，纷纷劝说岳飞回家侍养老
mǔ yuè fēi bù kěn wáng guì děng xiōng dì jí le zhǐ dé dòng shǒu chāi qù lú péng yuè fēi
母，岳飞不肯，王贵等兄弟急了只得动手拆去芦棚。岳飞
wú nài zhǐ dé kū bài zhōu dòng suí dà jiā huí qù
无奈，只得哭拜周侗，随大家回去。

zhǎng bèi men gù le jiào zi xiān xíng huí jiā le xiōng dì jǐ gè hǎo jiǔ bú jiàn shí
长辈们雇了轿子先行回家了。兄弟几个好久不见，十
fēn qīn rè yí lù tà qīng zhèng dāng dà huǒ liáo de xīng qǐ shí wáng guì hū rán tīng dào
分亲热，一路踏青。正当大伙聊得兴起时，王贵忽然听到
lù biān cǎo cóng zhōng sù sù luàn xiǎng yú shì zhuǎn shēn huí tóu shēn jiǎo wǎng nà cǎo cóng zhōng
路边草丛中簌簌乱响，于是转身回头，伸脚往那草丛中
yì jiǎo dùn shí cóng cǎo cóng zhōng pá chū yí gè rén lái zhòng rén dà chī yì jīng dōu wéi
一搅，顿时从草丛中爬出一个人来，众人大吃一惊，都围
le guò lái wáng guì jiāng nà rén cóng cǎo cóng li jiū chū lái lūn qǐ quán tóu jiù yào dǎ nà
了过来。王贵将那人从草丛里揪出来，抡起拳头就要打，那
rén xià de lì kè guì dì qiú ráo yuè fēi lián máng shàng qián lán zhù wáng guì hé qì de wèn
人吓得立刻跪地求饶。岳飞连忙上前拦住王贵，和气地问

王贵将那人从草丛中揪出来，那人立即下跪求饶

tā wèi hé duǒ zài cǎo cóng zhōng nà rén jiàn yuè fēi děng bú xiàng shì huài rén jiù huí tóu zhāo
他为何躲在草丛中。那人见岳飞等不像是坏人，就回头招
hu le yì shēng dùn shí cóng cǎo cóng zhōng pá chū èr shí duō gè rén lái tā men dōu bēi zhe
呼了一声，顿时从草丛中爬出二十多个人来，他们都背着
bāo fu yǔ jù xiàng shì gǎn yuǎn lù de zhòng rén shuō bù yuǎn chù yǒu gè jiào luàn cǎo
包袱雨具，像是赶远路的。众人说：“不远处有个叫‘乱草
gāng de dì fang zuì jìn chū le yì bāng qiáng dào wú è bú zuò xiàn zài zhèng lán zhù yì
冈’的地方，最近出了一帮强盗，无恶不作，现在正拦住一
pī kè shāng dà sì qiǎng jié xiǎo rén men shì cóng hòu biān jiǎn jìn lù dào zhè er de yào qù
批客商大肆抢劫。小人们是从后边拣近路到这儿的，要去
nèi huáng xiàn xiàn chéng jiàn xiàng gōng men rén duō bù dé bù yí xīn shì huài rén suǒ yǐ duǒ
内黄县县城，见相公们人多，不得不疑心是坏人，所以躲
zài cǎo cóng zhōng bù gǎn chū lái yuè fēi biàn gěi tā men zhǐ le yì tiáo qù nèi huáng xiàn xiàn
在草丛中不敢出来。”岳飞便给他们指了一条去内黄县县
chéng de dà lù ràng tā men fàng xīn qián qù zhòng rén lián shēng dào xiè gāo gāo xìng xìng de
城的大路，让他们放心前去，众人连声道谢，高高兴兴地
zǒu le yuè fēi xiōng dì jǐ rén tīng shuō luàn cǎo gāng chū le qiáng dào yí gè ge mǎn qiāng yì
走了。岳飞兄弟几人听说乱草冈出了强盗，一个个满腔义

fèn yú shì gè kǎn le yí gè shù gàn dàng zuò bīng qì zhí bèn luàn cǎo gāng
愤，于是各砍了一个树干当做兵器，直奔乱草冈。

jǐ gè rén gāng zhuǎn dào shān hòu jiù kàn jiàn yí gè hēi liǎn dà hàn tóu dài jīn kuī
几个人刚转到山后，就看见一个黑脸大汉，头戴金盔，
shēn chuān kǎi jiǎ shǒu ná sì luó bīn tiě jiǎn zhèng lán zhe yì huǒ shāng rén yuè fēi jiàn
身穿铠甲，手拿四楞宾铁锏，正拦着一伙商人。岳飞见
zhuàng biàn duì dì xiong men shuō cǐ rén qì zhì cū lǔ bù kě mán dǎ kě yòng zhì qǔ
状，便对弟兄们说：“此人气质粗鲁，不可蛮打，可用智取，
rú guǒ wǒ dí bu guò tā nǐ men zài shàng qián shuō bì zì jǐ dú zì zǒu dào nà hēi
如果我敌不过他，你们再上前。”说毕，自己独自走到那黑
dà hàn qián mian jiào dào péng you zhè xiē xiǎo běn shēng yi rén yǒu shá yóu shuǐ wǒ shì
大汉前面，叫道：“朋友，这些小本生意人有啥油水。我是
zuò dà mǎi mai de huǒ ji chē liàng dōu zài hòu miàn gēn zhe bù rú nǐ xiān fàng le tā
做大买卖的，伙计、车辆都在后面跟着。不如你先放了他
men wǒ gěi nǐ shí bèi de lì qián hēi dà hàn yì tīng lì kè dòng xīn yì huī shǒu
们，我给你十倍的利钱。”黑大汉一听，立刻动心，一挥手，
fàng zǒu le nà xiē kè shāng zhuǎn guò tóu lái biàn xiàng yuè fēi yào mǎi lù qián yuè fēi shuō
放走了那些客商，转过头来便向岳飞要买路钱。岳飞说：
yào mǎi lù qián kě yǐ bú guò děi xiān wèn wen wǒ zhè liǎng gè quán tóu dā bù dā ying hēi dà hàn yì tīng bó rán dà nù
“要买路钱可以，不过得先问问我这两个拳头答不答应！”黑大汉一听勃然大怒，

黑大汉大怒，举锏朝岳飞面门打过去

jǔ qǐ tiě jiǎn cháo yuè fēi miàn mén dǎ guò qù yuè fēi bù huāng bù máng zhǐ jiāng shēn xíng yì
举起铁锏朝岳飞面门打过去。岳飞不慌不忙，只将身形一
zhuǎn biàn shǎn dào hēi dà hàn de bèi hòu hēi dà hàn nǎo xiū chéng nù zhuǎn shēn yòu shì yì
转，便闪到黑大汉的背后。黑大汉恼羞成怒，转身又是一
jiǎn yuè fēi zuǒ duǒ yòu shǎn shēn shǒu mǐn jié nà hēi dà hàn wǔ gōng bù jì xīn li yì
锏。岳飞左躲右闪，身手敏捷，那黑大汉武功不济，心里一
huāng yí zhèn luàn dǎ yuè fēi xū huǎng le yí xià yǐn tā shàng gōu hēi dà hàn bù zhī
慌，一阵乱打。岳飞虚晃了一下，引他上钩，黑大汉不知
shì jì qū shēn xiàng qián yuè fēi fēi shēn yì jiǎo tī zài hēi dà hàn de zuǒ lèi shang hēi
是计，趋身向前，岳飞飞身一脚踢在黑大汉的左肋上，黑
dà hàn āi yō yì shēng tòng de diē dǎo zài dì zhè shí wáng guì tāng huái zhāng xiǎn qíng bú
大汉哎哟一声，痛得跌倒在地。这时王贵、汤怀、张显情不
zì jìn de tiào chū cǎo cóng pāi shǒu chēng hǎo hēi dà hàn yì tīng yǒu rén jiào hǎo xiū de liǎn
自禁地跳出草丛，拍手称好。黑大汉一听有人叫好，羞得脸
dōu zǐ le jiào dào qì shà wǒ yě bà liǎo tā měng de bá chū bǎo jiàn jiù yào zì
都紫了，叫道：“气煞我也！罢了！”他猛地拔出宝剑就要自
wěn xìng kuī yuè fēi yǎn jí shǒu kuài fēi shēn guò qù lán zhù yuè fēi xiào dào péng you
刎，幸亏岳飞眼疾手快，飞身过去拦住。岳飞笑道：“朋友，
nǐ zhēn shì gè jí xìng zi wǒ yòu bù céng yǔ nǐ jiāo shǒu shì nǐ zì jǐ bù xiǎo xīn huá
你真是个急性子，我又不曾与你交手，是你自己不小心滑
dǎo le shuō bà tā biàn hé xiōng dì men yì qǐ hā hā dà xiào qǐ lái hēi dà hàn cán
倒了。”说罢，他便和兄弟们一起哈哈大笑起来。黑大汉惭
kuì bù yǐ biàn rēng xià bǎo jiàn máng wèn yuè fēi xìng shèn míng shéi
愧不已，便扔下宝剑，忙问岳飞姓甚名谁。

yuè fēi jiào guò xiōng dì men dà jiā hù tōng xìng míng nà hēi dà hàn yì tīng tā men
岳飞叫过兄弟们，大家互通姓名。那黑大汉一听他们
dōu shì zhōu dòng de tú dì xǐ chū wàng wài lián máng fǔ shēn xià bài zhòng rén lián máng fú
都是周侗的徒弟，喜出望外，连忙俯身下拜，众人连忙扶
qǐ hēi dà hàn yòu wèn zhōu dòng jìn kuàng dà jiā jiāng zhōu dòng yǐ jīng qù shì de xiāo xi gào
起。黑大汉又问周侗近况，大家将周侗已经去世的消息告
su tā hēi dà hàn dùn shí shén sè àn rán yuán lái zhè hēi dà hàn běn míng niú gāo shǎn
诉他，黑大汉顿时神色黯然。原来，这黑大汉本名牛皋，陕
xī rén tā fù qīn jiǔ wén zhōu dòng de dà míng lín zhōng qián zhǔ fù ér zi dào nèi huáng xiàn
西人。他父亲久闻周侗的大名，临终前嘱咐儿子到内黄县

qí lín cūn zhǎo zhōu dòng xué xí wǔ yì niú gāo tóng mǔ qīn bù yuǎn qiān lǐ lái dào hé běi
麒麟村找周侗学习武艺。牛皋同母亲不远千里来到河北，
yóu yú lù tú yáo yuǎn suǒ dài pán chan quán yòng wán le yǎn kàn dào le qí lín cūn niú gāo
由于路途遥远，所带盘缠全用完了，眼看到了麒麟村，牛皋
xiǎng qiǎng xiē qián wéi chí shēng jì bù xiǎng gāng hǎo yù shàng yuè fēi děng rén yuè fēi xǐ huān
想抢些钱维持生计，不想刚好遇上岳飞等人。岳飞喜欢
tā de gěng zhí háo shuǎng biàn dài tā dào jiā zhōng zàn zhù niú gāo běn bù zhī gāi rú hé luò
他的耿直豪爽，便带他到家中暂住。牛皋本不知该如何落
jiǎo shēng cún jiàn yuè fēi chéng yì xiāng yāo biàn xīn rán yīng yǔn dào shù lín zhōng de yí gè
脚生存，见岳飞诚意相邀，便欣然应允，到树林中的一个
shí dòng nèi jiāng mǔ qīn jiē chū zhòng rén bài guò niú mǔ yì qǐ huí dào le qí lín cūn yuè
石洞内将母亲接出。众人拜过牛母，一起回到了麒麟村。岳
fēi gēn mǔ qīn shuō míng yuán yóu yuè mǔ rè qíng de zhāo dài le niú jiā mǔ zǐ cóng cǐ liǎng
飞跟母亲说明缘由，岳母热情地招待了牛家母子。从此，两

岳飞热情相邀，牛皋应允，到一个石洞内将母亲接出

jiā hé chéng yì jiā qí lè róng róng de shēng huó zài yì qǐ dì èr tiān yuè fēi dài niú
家合成一家，其乐融融地生活在一起。第二天，岳飞带牛
gāo bài jiàn wáng míng wáng míng jiàn niú gāo chún pǔ shàn liáng xīn zhōng xǐ huān bǎi yàn xí wèi
皋拜见王明，王明见牛皋淳朴善良，心中喜欢，摆宴席为
niú gāo mǔ zǐ jiē fēng yòu zé le gè jí rì jiào tā men wǔ rén jié bài wéi yì xìng xiōng
牛皋母子接风，又择了个吉日，叫他们五人结拜为异姓兄
dì cóng cǐ zài yuè fēi de dài lǐng xià xiōng dì wǔ rén měi rì zài yì qǐ qiē cuō wǔ
弟。从此，在岳飞的带领下，兄弟五人每日在一起切磋武
yì qín xué kǔ liàn sī háo méi yǒu xiè dài
艺，勤学苦练，丝毫没有懈怠。

# 第四回 武考结怨洪先

yì tiān xiōng dì wǔ gè zhèng zài dǎ mài chǎngshang bǐ shì qiāng fǎ lǐ zhǎng xìng chōng
一天，兄弟五个正在打麦场上比试枪法，里长兴冲
chōng de pǎo lái gào su tā men shuō xiàngzhōu jié dù shǐ liú guāng shì xià fā gōng wén tōng zhī
冲地跑来告诉他们，说相州节度使刘光世下发公文，通知
gè chù wǔ tóng dào xiàngzhōu kǎo shì hé gé yǐ hòu zài dào dōng jīng cān jiā dà kǎo yuè fēi yǔ
各处武童到相州考试，合格以后，再到东京参加大考。岳飞与
zhū dì xiong tīng dào zhè xiāo xi shí fēn xìng fèn yú dì èr tiān jìn chéng bài jiàn yuè fù lǐ chūn
诸弟兄听到这消息十分兴奋，于第二天进城拜见岳父李春，
qǐng qiú bǎ niú gāo liè rù qí zhōng yí tóng fù cè cān jiā kǎo shì lǐ chūn dā ying xiě xìn gěi
请求把牛皋列入其中，一同附册参加考试。李春答应，写信给
tāng yīn xiàn xiàn guān
汤阴县县官
xú rén tuō tā zhào
徐仁，托他照
yìng cǐ shì yuè fēi
应此事。岳飞
jiē guò xìn jiàn bài
接过信件，拜
xiè huí jiā
谢回家。

dì èr
第二
tiān xiōng dì wǔ
天，兄弟五
rén yì zǎo biàn zài
人一早便在

里长来报信，要各处武童到相州参加考试

wáng míng zhuāng shang jí hé le gè zì bài bié fù mǔ shàng mǎ chū fā xiōng dì men yí
王明庄上集合了，各自拜别父母，上马出发。兄弟们一
lù mǎ bù tíng tí hěn kuài jiù lái dào le tāng yīn xiàn yuè fēi huí dào le zì jǐ de gù
路马不停蹄，很快就来到了汤阴县。岳飞回到了自己的故
xiāng xiǎng qǐ wáng gù de fù qīn hé zì jǐ piāo bó de shēn shì àn zì luò lèi
乡，想起亡故的父亲和自己漂泊的身世，暗自落泪。

zhōng wǔ tā men lái dào tāng yīn xiàn chéng nán zài yì jiā míng wéi jiāng zhèn zǐ ān
中午，他们来到汤阴县城南，在一家名为“江振子安
yù kè shāng de kè diàn nèi zhù xià yuè fēi xiǎng dāng rì jiù qù bài huì zhī xiàn xú rén
寓客商”的客店内住下。岳飞想当日就去拜会知县徐仁，
yòu pà xú rén yǐ jīng tuì yá zhèng chóu chú bù jué diàn zhǔ rén jiāng zhèn zǐ shuō xiàn zài
又怕徐仁已经退衙，正踌躇不决，店主人江振子说：“现在
qù zhèng hǎo nà xiàn lǎo ye shì gè hǎo guān tā bù cí láo kǔ de měi tiān zǒng shì yào dào
去正好，那县老爷是个好官，他不辞劳苦的每天总是要到
diǎn le cái tuì yá de yuán lái zhè xú rén shì gè zhèng zhí lián jié ài mín rú zǐ de qīng
点了才退衙的。”原来这徐仁是个正直廉洁、爱民如子的清
guān zài tāng yīn xiàn yǐ jīng lián rèn jiǔ nián zhī xiàn cháo tíng jǐ cì zhēng diào dōu bèi dāng dì
官，在汤阴县已经连任九年知县，朝廷几次征调都被当地
lǎo bǎi xìng liú zhù yuè fēi děng tīng le lì kè xiè le diàn zhǔ wǎng xiàn yá zǒu qù
老百姓留住。岳飞等听了，立刻谢了店主，往县衙走去。

yuè fēi děng rén dào le xiàn yá mén yì jiāng tā men yǐn dào yá nèi xiāng jiàn yuè fēi
岳飞等人到了县衙，门役将他们引到衙内相见，岳飞
dì shàng lǐ chūn de xìn xú rén kàn bà yòu jiàn tā men gè gè shēn cái kuí wú yīng qì bī
递上李春的信。徐仁看罢，又见他们个个身材魁梧、英气逼
rén fēi cháng shǎng shí fēn fù shuō xián zhí men qǐng xiān huí qù xiū xi dū yuàn dà rén
人，非常赏识，吩咐说：“贤侄们请先回去休息，都院大人
de zhōng jūn hóng xiān shì běn xiàn de jiù yǒu wǒ huì qǐng tā zhào ying nǐ men míng tiān nǐ men
的中军洪先是本县的旧友，我会请他照应你们，明天你们
zhǐ guǎn fù yuán mén hòu kǎo biàn kě yǐ le
只管赴辕门候考便可以了。”

dì èr tiān xiōng dì wǔ rén lái dào xiāng zhōu jié dù shǐ yá mén bào dào yuè fēi shàng
第二天，兄弟五人来到相州节度使衙门报到。岳飞上
qián xíng lǐ xiāng jiàn qǐng zhōng jūn hóng xiān lǐng zhe qù jiàn dū yuàn liú guāng shì hóng xiān yǐ
前行礼相见，请中军洪先领着去见都院刘光世。洪先以

为是阔公子送钱来了，乐得笑容可掬的迎了出来，开口便要常例。岳飞等没想到这中军是个贪官污吏，一时身上也没有什么值钱财物，但又怕得罪了他，难进考场，只得好语相劝，承诺立即叫家人送来。洪先见他们身上没钱，只当是托辞，立刻板起脸，推托他们过三天再来。

五人没办法，只得闷闷不乐地上马回旅店，刚走到半路，看见徐仁乘轿远远地过来。五人连忙下马迎候，徐仁看见他们，忙吩咐停轿，探身出来问：“我正要去找洪中军，托他照应各位，不料贤侄们回得这么快，不知考得怎样了？”众人便将洪先索要常例、阻拦考试的事叙述了一遍。徐仁一听，怒不可遏地说道：“太不像话

在相州节度使衙门前，岳飞等要求进去考试，被中军洪先拦住

le nán dào fēi yào
了，难道非要
tōng guò tā zhè ge
通过他这个
zhōng jūn cái néng kǎo
中军才能考
shì xián zhí men gēn
试？贤侄们跟
wǒ zǒu wǔ rén
我走！”五人
suí xú rén dào le jié
随徐仁到了节
dù shǐ yuán mén xú
度使辕门，徐
rén jiào wǔ rén děng
仁叫五人等
hòu zì jǐ qù jiàn
候，自己去见

徐仁探问岳飞等的考试情况

liú guāng shì xú rén gǒng shǒu dào mén wài yǒu wǔ míng nèi huáng xiàn de wǔ tóng qián lái cān
刘光世。徐仁拱手道：“门外有五名内黄县的武童前来参
jiā kǎo shì qǐng dà rén kǎo tā men de gōng mǎ liú guāng shì chuán lìng ràng tā men jìn lái
加考试，请大人考他们的弓马。”刘光世传令让他们进来。
wǔ rén zài jiē xià xíng lǐ bài jiàn liú guāng shì jiàn tā men gè gè wēi fēng lǐn lǐn xīn zhōng
五人在阶下行礼拜见，刘光世见他们个个威风凛凛，心中
tè bié xǐ huān zhè shí zhōng jūn hóng xiān shàng tīng bǐng dào zhè wǔ rén de gōng mǎ shí fēn
特别喜欢。这时，中军洪先上厅禀道：“这五人的弓马十分
píng cháng zhōng jūn yǐ jīng shì guò jiào tā men huí qù liàn xí xià kē zài lái zěn me yòu
平常，中军已经试过，叫他们回去练习，下科再来，怎么又
lái chù fàn dū yuàn dà rén xú rén shàng qián bǐng dào zhè zhōng jūn yīn wèi suǒ dào cháng
来触犯都院大人？”徐仁上前禀道：“这中军因未索到常
lì gù cǐ zǔ lán zhè wǔ shì sān nián yí cì wàng dū yuàn chéng quán hóng xiān yì kǒu
例，故此阻拦。这武试三年一次，望都院成全！”洪先一口
yǎo dìng yuè fēi děng wǔ yì píng píng bìng biǎo shì yuàn yǔ tā men bǐ shì yì chǎng liú guāng shì
咬定岳飞等武艺平平，并表示愿与他们比试一场。刘光世

洪先与岳飞比试武艺

jiàn tā men gè zhí yì
见他们各执一
cí jì xiǎng biàn shí hóng
词，既想辨识洪
xiān de zhōng jiān yòu xiǎng
先的忠奸，又想
jiàn shi yuè fēi děng rén de
见识岳飞等人的
wǔ yì biàn xià lìng mìng
武艺，便下令命
yuè fēi yǔ hóng xiān dāng
岳飞与洪先当
chǎng bǐ shì yì fān
场比试一番。

èr rén zài jiē xià zhàn dìng hóng xiān shǐ yì bǐng sān gǔ tuō tiān chā è hěn hěn de
二人在阶下站定，洪先使一柄三股托天叉，恶狠狠地
xiàng yuè fēi pū lái yuè fēi bù huāng bù máng tái qǐ lì quán qiāng yǐ yí gè dān yáng cháo
向岳飞扑来。岳飞不慌不忙，抬起沥泉枪，以一个丹阳朝
fèng shì yíng zhù hóng xiān de sān gǔ tuō tiān chā nà hóng xiān duì yuè fēi hèn zhī rù gǔ zuǒ
凤式迎住洪先的三股托天叉。那洪先对岳飞恨之入骨，左
chōng yòu tū chā chā zhì mìng yuè fēi zuǒ duǒ yòu shǎn yòu jiàn hóng xiān chā xiàng tā de miàn
冲右突，叉叉致命。岳飞左躲右闪，又见洪先叉向他的面
mén jiāng tóu yì dī cè shēn shǎn guò zhuài huí bù tuō qiāng biàn zǒu hóng xiān yǐ wéi tā
门，将头一低，侧身闪过，拽回步，拖枪便走。洪先以为他
rèn shū le chéng shì biàn zhuī bú liào yuè fēi tū rán zhuǎn shēn diào guò qiāng gǎn xiàng hóng xiān
认输了，乘势便追，不料岳飞突然转身，掉过枪杆向洪先
jiān wō shang yì diǎn hóng xiān jiǎo dǐ bù wěn shuāi le gè sì jiǎo cháo tiān tīng shàng tīng xià
肩窝上一点，洪先脚底不稳，摔了个四脚朝天，厅上厅下
yí piàn hè cǎi liú guāng shì jiàn hóng xiān guǒ rán huǎng bào hè rán ér nù mìng shì wèi jiāng
一片喝彩。刘光世见洪先果然谎报，赫然而怒，命侍卫将
hóng xiān gǎn chū yuán mén yǒng bú rèn yòng hóng xiān miàn hóng ěr chì bào tóu lí qù
洪先赶出辕门，永不任用。洪先面红耳赤，抱头离去。

liú guāng shì yòu cè shì yuè fēi děng wǔ rén de gōng jiàn yuè fēi kāi gōng sān bǎi jīn
刘光世又测试岳飞等五人的弓箭。岳飞开弓三百斤，

shè zhòng èr bǎi sì shí bù wài de jiàn duò qí tā sì rén de jiàn fǎ lüè wēi xùn sè liú
射中二百四十步外的箭垛，其他四人的箭法略微逊色。刘
guāng shì duì yuè fēi shǎng shí yǒu jiā wèn dào nǐ zǔ jí hé chù yuè fēi shàng qián huí
光世对岳飞赏识有佳，问道：“你祖籍何处？”岳飞上前回
dá wǔ shēng zǔ jí tāng yīn xiàn xiào tì lǐ yǒng hé xiāng yīn zāo hóng zāi jiā chǎn jìn
答：“武生祖籍汤阴县孝悌里永和乡，因遭洪灾，家产尽
huǐ xìng méng ēn gōng wáng míng shōu yǎng yīn cǐ zhù zài nèi huáng xiàn yòu dé yì fù zhōu dòng
毁，幸蒙恩公王明收养，因此住在内黄县，又得义父周侗
jiào huì xué xí wǔ yì xiàn zài zhǐ qiú zǎo rì gǎn kǎo bó dé gōng míng hǎo chóng huán gù
教诲，学习武艺。现在只求早日赶考，博得功名，好重还故
lǐ liú guāng shì tīng shuō tā xiǎng chóng huán gù lǐ yí miàn máng jiào shū lì biān zào míng
里。”刘光世听说他想重还故里，一面忙叫书吏编造名
cè sòng yuè fēi děng zhòng dì xiong jìn jīng gǎn kǎo yí miàn jiào xú rén chá míng yuè jiā zǔ liú
册，送岳飞等众弟兄进京赶考，一面叫徐仁查明岳家祖留
dì jī bō kuǎn jiàn wū ràng yuè fēi réng rán huí xiāng jū zhù yuè fēi yǔ xiōng dì men xiè guò
地基，拨款建屋，让岳飞仍然回乡居住。岳飞与兄弟们谢过
liú guāng shì xú rén yòu dīng zhǔ le yì fān zhòng rén zhè cái gào cí huí jiā
刘光世，徐仁又叮嘱了一番，众人这才告辞回家。

# 第五回 比武枪挑梁王

huí dào qí lín shí wáng guì zhāng xiǎn tāng huái shě bu dé lí kāi yuè fēi hòu lái
回到麒麟时，王贵、张显、汤怀舍不得离开岳飞，后来
yì tóng shāng dìng jǐ jiā rén dōu suí yuè fēi bān dào tāng yīn qù bìng jué dìng qiū hòu dòng shēn
一同商定，几家人都随岳飞搬到汤阴去，并决定秋后动身。
jǐ tiān hòu tā men zhǔn bèi tuǒ dang lái dào le jīng chéng
几天后，他们准备妥当，来到了京城。

lín xíng qián liú guāng shì miǎn lì xiōng dì wǔ rén wèi guó xiào zhōng yòu qīn zì gěi
临行前，刘光世勉励兄弟五人为国效忠，又亲自给
jīng chéng liú shǒu zōng zé xiě le yì fēng xìn xiàng tā tuī jiàn yuè fēi yuè fēi dài zhe xìn
京城留守宗泽写了一封信，向他推荐岳飞。岳飞带着信
lái qiú jiàn zōng zé zōng zé jiàn yuè fēi wén wǔ jiān bèi hěn shì xīn shǎng zōng zé lái dào
来求见宗泽，宗泽见岳飞文武兼备，很是欣赏。宗泽来到
cè shì yǔ yuè
侧室与岳
fēi liáo tiān tā
飞聊天，他
gào su yuè fēi
告诉岳飞，
nán níng yǒu gè
南宁有个
fān wáng jiào chái
藩王叫柴
guì bèi fēng wéi
桂，被封为
xiǎo liáng wáng yě
小梁王，也

岳飞带着刘光世的信来拜见宗泽

参加了这次武考，为了夺得状元，他备了四份厚礼送给四位主考官——宗泽、丞相张邦昌、兵部大堂王铎、右军都督张俊。其他三位主考官都收下了小梁王的礼，只有宗泽将礼物退了回去。岳飞听完，并不在意此事，不久便辞别宗泽回到旅店。

考试那天，天还没亮，兄弟几人就起床赶往校场。他们到达的时候，校场里已经是人海如潮，岳飞与兄弟几个选了一个比较僻静的地方等候。

天色渐明，各地的考生都已经到齐。只听得当当当三声锣响，张邦昌、王铎、张俊、宗泽四位主考官一齐到演武厅就座。张邦昌因为收了柴桂的礼物，故意提起岳飞，想试探宗泽，便说："听说宗大人有位得意门生名叫岳飞也来应试，请先题上榜吧！"宗泽没料到岳飞仅去过一次留守衙门，就被张邦昌知道了，一时找不出理由来辩解，便坦率地说道："为国选才，应该秉公执法，既然你对我有所怀疑，那我们对天盟誓，然后再考！"说罢，他叫侍卫摆好香案，焚香立誓道："如存一点欺君枉法、误国求财之念，

宗泽、张邦昌对天盟誓

yuàn sǐ yú dāo jiàn zhī
愿死于刀剑之
xià zhāng bāng chāng jiàn
下。”张邦昌见
zōng zé yì zhèng yán cí
宗泽义正严辞，
yě bù dé bù lì shì
也不得不立誓。

zōng zé jiàn tā
宗泽见他
men sān gè rén yì xīn yí
们三个人一心一
yì de xiǎng jiāng zhuàng yuán
意的想将状元
sòng gěi liáng wáng biàn mìng
送给梁王，便命
qí pái guān huàn chái guì shàng tīng xiān kǎo kǎo tā chái guì shàng qián zuò le gè yī jiù zhàn
旗牌官唤柴桂上厅，先考考他。柴桂上前作了个揖，就站
zài yì páng tīng lìng zōng zé fēi cháng bù mǎn de shuō nǐ suī rán shì fān wáng dàn jì rán
在一旁听令。宗泽非常不满地说：“你虽然是藩王，但既然
lái cān jiā kǎo shì biàn shì jǔ zǐ nǎ yǒu jǔ zǐ bú guì zhǔ kǎo guān de dào lǐ xiàn zài
来参加考试，便是举子，哪有举子不跪主考官的道理？现在
gè dì jīng yīng jūn jí cǐ dì yì shān gèng bǐ yì shān gāo wǒ guī quàn fān wáng qiān wàn bù
各地精英均集此地，一山更比一山高，我规劝藩王千万不
kě qīng dí a chái guì jū xīn bù liáng yì shí yǔ sè zhǐ dé dī tóu guì xià
可轻敌啊。”柴桂居心不良，一时语塞，只得低头跪下。

zhāng bāng chāng jiàn zōng zé pán wèn chái guì rèn wéi zōng zé shì gù yì diāo nàn biàn bǎ
张邦昌见宗泽盘问柴桂，认为宗泽是故意刁难，便把
yuè fēi jiào shàng lái xiè fèn yuè fēi zài zhāng bāng chāng miàn qián guì xià xíng lǐ zhāng bāng chāng
岳飞叫上来泄愤。岳飞在张邦昌面前跪下行礼，张邦昌
shuō yuè fēi nǐ mào bù jīng rén yǒu hé běn shì píng shén me lái kǎo zhuàng yuán yuè
说：“岳飞，你貌不惊人，有何本事，凭什么来考状元？”岳
fēi dá dào jīn nián jǔ zǐ hé zhǐ qiān rén zhuàng yuán zhǐ yǒu yí gè shéi dōu xiǎng dé
飞答道：“今年举子何止千人，状元只有一个，谁都想得，

我不过是力争罢了。”张邦昌被岳飞说得哑口无言，但也不好发作。张邦昌知道柴桂文章好，就命两人先考文章：岳飞用枪作枪论，柴桂使刀作刀论。柴桂受了宗泽一顿训，早已头昏脑涨，下笔写“刀”，却写成了“力”，心里一慌，又涂描了几笔，结果考卷被他涂的污浊不堪。岳飞写完“枪论”，从容不迫地交了卷子。柴桂也只得交了。张邦昌先看了柴桂的卷子，笼在袖管里，又拿起岳飞的卷子一看，没料到岳飞的文笔如此优美，便故意把卷子往下一扔，大声喝道：“这样的文章，也来抢状元，轰出去！”宗泽急忙喝止，命人递岳飞的考卷上来。岳飞亲自拾起考卷交给宗泽。宗泽展开细看，果然是妙笔生花，心想：这奸贼如此轻才重利，真是违法乱纪，他便故意说：“岳飞，你难道不

张邦昌将岳飞的卷子抛下

知道苏秦献'万言书'、温庭筠代作《南花赋》的典故吗？"苏秦上奏万言书遭到秦相商鞅忌妒；温庭筠作《南花赋》被晋丞相桓文药死，都是历史上有名的妒才忌能的故事。张邦昌明知宗泽骂他，但心怀鬼胎，只能是敢怒不敢言，便命岳飞和柴桂比武，打算着岳飞胜不了柴桂时，再给他难堪。

柴桂上马，手提金背大砍刀，先到校场站定。岳飞虽然武艺高强，但在心里想：他是藩王，胜了也难取悦，不免有点心绪不宁。他勉强上马，提枪走进校场。围观的人以为岳飞怯场，都暗暗地替他捏了一把汗。到了场中央，梁王低声说："岳飞，孤家坐镇南宁，素来佩服英雄好汉！你若肯败，我重重赏你，富贵不愁；你若不依，小心丧了性命。"岳飞大义凛然地说道："千岁是堂堂藩王，何苦与这些寒士争名？岂不上负皇上求贤之意，下屈英雄报国之心？武举考试是国家大典，岳飞不敢轻视，恕不从命！"柴桂见岳飞这般坚定，大怒，挥刀朝岳飞头顶砍过来，岳飞用枪一抵，架开了刀。柴桂又一刀拦腰砍来，岳飞使个"鹞子大

fān shēn zhāo jià zhù liáng wáng jiàn lǎo kǎn bú dào rén xīn jí huǒ liǎo jǔ qǐ dāo lái yì
翻身”招架住。梁王见老砍不到人，心急火燎，举起刀来，一
lián liù qī dāo yuè fēi dāo dāo duǒ guò chái guì yòng jìn píng shēng běn shi dàn yuè fēi háo fà
连六七刀，岳飞刀刀躲过，柴桂用尽平生本事，但岳飞毫发
wèi shāng
未伤。

chái guì shōu dāo huí mǎ zǒu dào yǎn wǔ tīng duì zhāng bāng chāng shuō yuè fēi wǔ yì
柴桂收刀回马，走到演武厅，对张邦昌说：“岳飞武艺
píng cháng zěn néng fēng rèn xiāng jiē yuè fēi yě shàng qián bǐng gào bìng fēi wǒ wǔ yì bù
平常，怎能锋刃相接？”岳飞也上前禀告：“并非我武艺不
jīng zhǐ yīn yǔ liáng wáng yǒu zūn bēi zhī bié wǔ chǎng shang dāo qiāng bìng jǔ nán miǎn yǒu shāng
精，只因与梁王有尊卑之别。武场上刀枪并举，难免有伤
wáng qǐng gè wèi dà lǎo ye chéng quán lì xià shēng sǐ wén shū wǔ shēng cái gǎn jiāo shǒu
亡。请各位大老爷成全，立下生死文书，武生才敢交手。”
zhāng bāng chāng àn xiǎng yuè fēi yǒu zài dà de dǎn zi yě bù gǎn shāng hài liáng wáng zhuàng yuán
张邦昌暗想岳飞有再大的胆子也不敢伤害梁王，状元
chí zǎo shì liáng wáng de yīn cǐ biàn zhǔ zhāng liáng wáng hé tā lì xià shēng sǐ wén shū chái guì
迟早是梁王的。因此便主张梁王和他立下生死文书。柴桂
jìn tuì liǎng nán zhǐ dé
进退两难，只得
huà le huā yā yǔ yuè
画了花押，与岳
fēi hù huàn bǎ wén
飞互换，把文
shū jiāo gěi zhāng bāng
书交给张邦
chāng bǎo guǎn yuè fēi
昌保管。岳飞
yě xià tīng qù bǎ liáng
也下厅去把梁
wáng de wén shū jiāo gěi
王的文书交给
tāng huái qiāo qiāo zhǔ fù
汤怀，悄悄嘱咐

岳飞和梁王立下生死书

tā men xián dì rú guǒ wǒ bèi shā nǐ men bāng wǒ shōu shī rú wǒ yíng le liáng wáng
他们："贤弟，如果我被杀，你们帮我收尸，如我赢了，梁王
de jiā jiàng yí dìng chū lái bāng máng qiān wàn yào zǔ lán zhù guǒ rán bù chū yuè fēi suǒ
的家将一定出来帮忙，千万要阻拦住。"果然不出岳飞所
liào chái guì yě dào le tā de zhàng fáng fēn fù tā de jiā jiàng men rú jiàn yuè fēi yíng
料，柴桂也到了他的帐房，吩咐他的家将们，如见岳飞赢
le dà jiā yòng luàn dāo kǎn sǐ tā
了，大家用乱刀砍死他。

liǎng rén yòu huí dào jiào chǎng liáng wáng zài cì xié pò yuè fēi jiāng zhuàng yuán ràng gěi
两人又回到校场，梁王再次胁迫岳飞将状元让给
tā yuè fēi bù kěn liáng wáng dà nù huī dāo biàn kǎn qǐ chū yuè fēi yí zài tuì ràng zhǐ
他，岳飞不肯。梁王大怒，挥刀便砍。起初岳飞一再退让，只
shì zì wèi chái guì yǐ wéi tā dǎn qiè gèng jiā sì yì wàng wéi yuè fēi rěn wú kě rěn
是自卫，柴桂以为他胆怯，更加肆意妄为。岳飞忍无可忍，
jiào dào chái guì nǐ hǎo bù zhī qīng chóng shuō zhe tā jǔ qiāng cì xiàng chái guì xīn
叫道："柴桂，你好不知轻重！"说着，他举枪刺向柴桂心
wō chái guì jiàn zhuàng shēn zi yì piān què hái shì méi néng bì kāi yuè fēi bǎ qiāng yì shōu
窝。柴桂见状身子一偏，却还是没能避开。岳飞把枪一收，
liáng wáng pū tōng yì shēng luò mǎ sàng le xìng mìng quán chǎng jǔ zǐ hé wéi guān zhě qí shēng
梁王扑通一声落马，丧了性命。全场举子和围观者齐声
hè qǐ cǎi lái zuǒ yòu xún chǎng guān hé hù wèi bīng dīng xià de chēng mù jié shé xún chǎng
喝起彩来，左右巡场官和护卫兵丁吓得瞠目结舌。巡场
guān mìng lìng hù wèi bú yào fàng zǒu yuè fēi yuè fēi miàn bù gǎi sè xià mǎ bǎ qiāng chā zài
官命令护卫不要放走岳飞。岳飞面不改色，下马把枪插在
dì shang děng hòu cái pàn
地上，等候裁判。

xún chǎng guān fēi bēn shàng lái bǐng bào xiǎo liáng wáng bèi yuè fēi cì sǐ zhāng bāng chāng
巡场官飞奔上来禀报：小梁王被岳飞刺死。张邦昌
tīng le jīng huāng shī cuò hè lìng jiāng yuè fēi ná xià dāo fǔ shǒu lì jí jiāng yuè fēi bǎng
听了，惊慌失措，喝令将岳飞拿下。刀斧手立即将岳飞绑
dào tīng qián chái guì de jiā jiàng men tīng shuō zhǔ rén bèi cì sǐ shǒu chí bīng qì biàn yào tì
到厅前。柴桂的家将们听说主人被刺死，手持兵器便要替
chái guì bào chóu dàn tāng huái niú gāo děng zǎo yǐ bǎi kāi le zhèn shì lán zhù tā men nà
柴桂报仇。但汤怀、牛皋等早已摆开了阵势，拦住他们。那

岳飞一枪将柴桂挑下了马

xiē jiā jiàng jiàn shì bú miào dǎ suàn cóng zhàng fáng hòu liū zǒu zhāng xiǎn yòng gōu lián qiāng yì
些家将见势不妙，打算从帐房后溜走，张显用钩镰枪一
chě jiāng zhàng fáng chě qù le bàn biān dà shēng hǎn dào shéi gǎn dòng xiū guài shǒu xià wú
扯，将帐房扯去了半边，大声喊道：“谁敢动，休怪手下无
qíng xià de nà xiē jiā jiàng men dōu wèi wèi suō suō zhàn zhe bú dòng
情！”吓得那些家将们都畏畏缩缩站着不动。

zhāng bāng chāng yì xīn yào tì chái guì xuě chǐ bú gù xiān qián lì yǒu shēng sǐ wén
张邦昌一心要替柴桂雪耻，不顾先前立有生死文
shū chuán lìng yào jiāng yuè fēi zhǎn shǒu zōng zé lì jí hè zhǐ ruò shā le yuè fēi zhòng
书，传令要将岳飞斩首，宗泽立即喝止：“若杀了岳飞，众
jǔ zǐ bù fú nǐ wǒ dōu yǒu shēng mìng wēi xiǎn hái shì qǐng huáng shang cái duó ba zhāng
举子不服，你我都有生命危险，还是请皇上裁夺吧。”张
bāng chāng jiǎo biàn yuè fēi bú biàn zūn bēi rén rén dé ér zhū zhī zhǎn niú gāo tīng shuō
邦昌狡辩：“岳飞不辨尊卑，人人得而诛之，斩！”牛皋听说

yào zhǎn yuè fēi rěn wú kě rěn dà shēng hǎn dào tiān xià nǎ ge hǎo hàn bú kàn zhòng gōng
要斩岳飞，忍无可忍，大声喊道：“天下哪个好汉不看重功
míng yuè fēi wǔ gāo yì qiáng zhàn sǐ liáng wáng bú dàn bù néng zuò zhuàng yuán fǎn bèi zhǎn
名？岳飞武高艺强，战死梁王，不但不能做状元，反被斩
shǒu wǒ men bù fú bù rú xiān shā le zhè wēn kǎo guān zài hé huáng dì lǎo zi qù suàn
首，我们不服！不如先杀了这瘟考官，再和皇帝老子去算
zhàng shuō wán shuāng jiǎn yì huī jiù xiàng zhōng yāng dà qí gǎn dǎ qù hōng de yì
账！”说完，双锏一挥，就向中央大旗杆打去，轰的一
shēng dùn shí dà qí dǎo le xià lái zhòng jǔ zǐ jiàn zhāng bāng chāng xùn sī wǎng fǎ qī
声，顿时大旗倒了下来。众举子见张邦昌徇私枉法，欺
rén tài shèn yǒu rén fèn fèn bù píng de hǎn dào wǒ men shéi bù xiǎng dé dào shǎng shí
人太甚，有人愤愤不平地喊道：“我们谁不想得到赏识？
xiàn zài liáng wáng zhàng shì qiáng zhàn zhuàng yuán xiàn hài xián cái wǒ men bù dā ying wǒ
现在梁王仗势强占状元，陷害贤才，我们不答应！”“我
men bù fú yì shí jiān jiào chǎng nèi yí piàn hǎn shā zhī shēng xià de zhāng bāng chāng dà
们不服！”一时间校场内一片喊杀之声，吓得张邦昌大
jīng shī sè lián máng qiú zhù zōng zé zōng zé jiàn yì xiān fàng le yuè fēi píng le zhòng jǔ zǐ zhī fèn zuì yào
惊失色，连忙求助宗泽。宗泽建议先放了岳飞，平了众举子之愤最要

牛皋举起双锏向中央大旗杆打去，轰的一声，大旗顿时倒了

jǐn zhāng bāng chāng wú nài zhǐ dé mìng rén sōng le yuè fēi de bǎng yuè fēi jiǎn huí le yì
紧。张邦昌无奈，只得命人松了岳飞的绑。岳飞捡回了一
tiáo mìng yě gù bu shàng qù kòu xiè ná le bīng qì shàng mǎ jiù zǒu wáng guì kǎn kāi dà
条命，也顾不上去叩谢，拿了兵器上马就走。王贵砍开大
mén wǔ rén yì qí bēn chū jiào chǎng chǎng li de jǔ zǐ jiàn kǎo chǎng dà luàn dōu gè zì
门，五人一齐奔出校场，场里的举子见考场大乱，都各自
sàn qù yuè fēi táo chū jiào chǎng hòu cōng máng hé xiōng dì men huí dào lǚ diàn shōu shi xíng
散去。岳飞逃出校场后，匆忙和兄弟们回到旅店，收拾行
náng gǎn huí tāng yīn
囊，赶回汤阴。

# 第六回 三关陷黄河失

11世纪末12世纪初，生活在黑龙江一带的女真族日渐壮大起来。宋徽宗政和五年（1115年），女真族首领完颜阿骨打将都城定在黄龙府，国号大金。他常听说中原地大物博，便一心想要夺取宋室江山。一天，金国派到宋朝当奸细的军师哈迷蚩回来了，向阿骨打奏道：“臣在中原得知宋朝皇帝赵佶让位给儿子赵桓。这小皇帝自登基以来，荒芜朝政，重用奸臣张邦昌为相，贬黜

军师哈迷蚩正在向金国皇帝完颜阿骨打汇报宋朝情况

zōng zé děng zhōng chén mín bù liáo shēng guó fáng lì liàng bó ruò zhèng hǎo gōng dǎ ā gǔ
宗泽等忠臣，民不聊生，国防力量薄弱，正好攻打！”阿骨
dǎ tīng le dà xǐ zé dìng yú dàng yuè shí wǔ rì tiāo xuǎn sǎo nán dà yuán shuài zhǔn bèi jìn
打听了大喜，择定于当月十五日挑选扫南大元帅，准备进
fàn zhōng yuán
犯中原。

zhè tiān ā gǔ dǎ mìng rén jiāng yí zuò yì qiān duō jīn de tiě lóng fàng zhì zài yǎn wǔ
这天，阿骨打命人将一座一千多斤的铁龙放置在演武
tīng qián chuán lìng xià qù shuō shéi néng jǔ qǐ zhè ge tiě lóng jiù fēng tā wéi chāng píng wáng
厅前，传令下去说谁能举起这个铁龙，就封他为昌平王、
sǎo nán dà yuán shuài zhǐ yì yí xià nà xiē wáng zǐ yuán shuài men fēn fēn shàng lái shì jǔ
扫南大元帅。旨意一下，那些王子、元帅们纷纷上来试举，
zhè ge yáo yao nà ge huàng huang dàn gè gè dōu hóng zhe liǎn tuì le xià qù sì tài zǐ
这个摇摇，那个晃晃，但个个都红着脸退了下去。四太子
wù zhú zǒu shàng qián bǐng qì níng shén rán hòu zuǒ shǒu liāo qǐ yī fu yòu shǒu qíng zhù nà
兀术走上前，屏气凝神，然后左手撩起衣服，右手擎住那
tiě lóng de qián jiǎo wǎng shàng yì tí jiù jǔ le qǐ lái wén chén wǔ jiàng qí shēng hè cǎi
铁龙的前脚往上一提，就举了起来，文臣武将齐声喝彩。
wù zhú yòu jiāng tiě
兀术又将铁
lóng lián jǔ le sān
龙连举了三
cì cái rēng xià
次才扔下。
ā gǔ dǎ lián lián
阿骨打连连
chēng zàn fēng tā
称赞，封他
wéi chāng píng wáng
为昌平王、
sǎo nán dà yuán
扫南大元
shuài tǒng lǐng gè
帅，统领各

兀术左手撩起衣服，右手把铁龙举了起来

lù bīng mǎ xuǎn dìng jí rì hòu wù zhú shuài lǐng wǔ shí wàn bīng mǎ xiàng zhōng yuán jìn fā
路兵马。选定吉日后，兀术率领五十万兵马，向中原进发。

wù zhú shuài dà bù duì zài lù shang bá shè le yí gè duō yuè cái dào dá sòng cháo
兀术率大部队在路上跋涉了一个多月，才到达宋朝
biān jìng dì yī guān lù ān zhōu lù ān zhōu jié dù shǐ dēng lù shǒu xià zhǐ yǒu wǔ qiān duō
边境第一关潞安州。潞安州节度使登陆，手下只有五千多
bīng mǎ tīng shuō jīn bīng jǔ bīng lái fàn lì jí mìng lìng gè yíng jiàng shì dào chéng xià fēn bān
兵马，听说金兵举兵来犯，立即命令各营将士到城下分班
fáng shǒu bìng yú dàng tiān fā dòng quán chéng gōng jiàng bǎi xìng zài chéng tóu shang shuǐ guān shang
防守，并于当天发动全城工匠百姓在城头上、水关上，
bù zhì le gè zhǒng gè yàng de fáng shǒu shè bèi lù dēng yòu xiě le jí zòu lián yè pài rén
布置了各种各样的防守设备。陆登又写了急奏，连夜派人
mǎ bù tíng tí de sòng wǎng biàn liáng hái xiě le liǎng dào wén shū fēn sòng liǎng láng guān zǒng bīng hán
马不停蹄地送往汴梁，还写了两道文书分送两狼关总兵韩
shì zhōng hé jiān fǔ zhāng shū yè jiào tā men zuò hǎo yíng dí zhǔn bèi yí qiè ān pái tuǒ
世忠、河间府张叔夜，叫他们做好迎敌准备。一切安排妥
dang lù dēng měi tiān qīn zì shàng chéng guān wàng zhòu yè xún chá
当，陆登每天亲自上城观望，昼夜巡查。

wù zhú dà jūn zài chéng wài wǔ shí lǐ de dì fang ān yíng zhā zhài lù dēng dào chéng
兀术大军在城外五十里的地方安营扎寨。陆登到城
tóu yí kàn zhǐ jiàn jīn yíng li rén tóu cuán dòng jiàn jǐ lín lì guǒ rán wēi fēng lǐn lǐn
头一看，只见金营里人头攒动，剑戟林立，果然威风凛凛。

bīng jiàng men xiǎng chèn jīn bīng lì
兵将们想趁金兵立
zú wèi wěn chū chéng shā gè tòng
足未稳，出城杀个痛
kuài lù dēng quàn dào dí rén
快。陆登劝道：“敌人
ruì qì zhèng shèng wǒ men zhǐ
锐气正盛，我们只
shì hé jiān shǒu děng dài yuán bīng
适合坚守，等待援兵
dào lái
到来。”

兀术大军在离城五十里的地方安营扎寨

wù zhú wèn jūn shī hā mí chī shì shén me rén bǎ shǒu zhè lù ān zhōu hā mí
兀术问军师哈迷蚩："是什么人把守这潞安州？"哈迷
chī shuō zhè lǐ de jié dù shǐ jiào lù dēng chuò hào xiǎo zhū gě xiāo yǒng shàn zhàn
蚩说："这里的节度使叫陆登，绰号小诸葛，骁勇善战。"
wù zhú tīng le jiù xiǎng qù lǐng jiào yì fān yú shì dài lǐng wǔ qiān rén mǎ lái dào chéng xià
兀术听了，就想去领教一番，于是带领五千人马来到城下
jiào zhàn lù dēng fēn fù shǒu wèi kāi le chéng mén fàng xià diào qiáo dān qiāng pǐ mǎ chōng
叫战。陆登吩咐守卫开了城门，放下吊桥，单枪匹马冲
dào zhèn qián
到阵前。

wù zhú shì gè xī cái zhī rén jiàn lù dēng yīng qì bī rén jiào dào lù jiāng jūn
兀术是个惜才之人，见陆登英气逼人，叫道："陆将军，
wǒ zǎo wén de nǐ shì gè yīng xióng tè yì lái quàn gào nǐ yào shì nǐ tou xiáng wǒ jiù fēng
我早闻得你是个英雄，特意来劝告你，要是你投降，我就封
nǐ zuò wáng ye nǐ jué de zěn yàng lù dēng dà hè xiū yào hú shuō běn lái sòng jīn
你做王爷，你觉得怎样？"陆登大喝："休要胡说！本来宋金
gè shǒu biān jiè jǐng shuǐ bú fàn hé shuǐ xiàn zài nǐ men lǐng bīng jìn fàn yǒu hé dào lǐ
各守边界，井水不犯河水！现在你们领兵进犯，有何道理？"
wù zhú shuō zhǐ yǒu shèng míng de rén cái néng zuò dì wáng hūn jūn rén rén jiàn ér zhū zhī
兀术说："只有圣明的人才能做帝王，昏君人人见而诛之。
sòng cháo huáng dì hūn yōng wú néng wǒ men zuò chū rén yì zhī cè zhǐ wèi jiě jiù shòu kǔ shòu
宋朝皇帝昏庸无能，我们做出仁义之策，只为解救受苦受
nàn de bǎi xìng jiāng jūn rú guǒ shùn yìng tiān mìng gōng chéng zhī hòu hái kě fēng gè hóu wáng
难的百姓。将军如果顺应天命，功成之后，还可封个侯王。
rú guǒ gù zhí jǐ jiàn nǐ zhè xiǎo xiǎo chéng chí jiāng huì bèi yí wéi píng dì lù dēng dà
如果固执己见，你这小小城池将会被夷为平地！"陆登大
nù duì zhe wù zhú jǔ qiāng jiù cì wù zhú jǔ qǐ jīn què dà fǔ xiān kāi le qiāng huí fǔ
怒，对着兀术举枪就刺。兀术举起金雀大斧掀开了枪，回斧
jiù kǎn lù dēng lūn qǐ qiāng lái dǐ dǎng dǎ le wǔ liù gè huí hé jiàn jiàn bài xià zhèn
就砍。陆登抡起枪来抵挡，打了五六个回合，渐渐败下阵
lái zhǐ dé diào zhuǎn mǎ tóu wǎng huí bēn wù zhú cóng hòu miàn gǎn lái lù dēng hǎn dào
来，只得掉转马头往回奔。兀术从后面赶来，陆登喊道：
chéng shang fàng pào wù zhú yì tīng xià de jí zhuǎn mǎ tóu jiù pǎo
"城上放炮！"兀术一听，吓得急转马头就跑。

dì èr tiān wù zhú yòu dào chéng xià lái tǎo zhàn lù dēng zuó tiān yǔ wù zhú jiāo guò
第二天，兀术又到城下来讨战，陆登昨天与兀术交过
shǒu zhī dào tā de lì hai mìng rén zài chéng shang guà qǐ miǎn zhàn pái bù guǎn jīn bīng
手，知道他的厉害，命人在城上挂起“免战牌”，不管金兵
zěn me jiào mà jiù shì bù chū chéng yíng zhàn bàn gè duō yuè guò qù le yóu yú lù ān zhōu
怎么叫骂，就是不出城迎战。半个多月过去了，由于潞安州
shǒu de xiàng tiě tǒng yì bān wù zhú qì jí bài huài pài shì bīng tōu tōu tāng guò hù chéng
守得像铁桶一般，兀术气急败坏，派士兵偷偷趟过护城
hé jiāng yún tī kào zài chéng qiáng shang pá tī ér shàng lǐng tóu de jīn bīng jiàn chéng shang
河，将云梯靠在城墙上，爬梯而上。领头的金兵见城上
qiāo wú shēng xī zhèng zài nà mèn hū rán tīng de chéng shang yì shēng pào xiǎng shǒu chéng jiàng
悄无声息，正在纳闷，忽然听得城上一声炮响，守城将
shì men pō xià áo hǎo de rè fèn lái nà xiē jīn bīng men yí gè ge gǔn xià yún tī dōu
士们泼下熬好的热粪来，那些金兵们一个个滚下云梯，都
shuāi sǐ le
摔死了。

huí dào yíng zhōng jūn shī hā mí chī xiàn jì lù dēng bái tiān dé le hǎo chù xīn
回到营中，军师哈迷蚩献计：“陆登白天得了好处，心
li dé yì yí dìng hěn mǎ hu bù rú wǎn shang zài qù tōu xí wǔ yè shí wù zhú lǐng
里得意，一定很马虎，不如晚上再去偷袭。”午夜时，兀术领
le wǔ qiān jīn
了五千金
bīng dù guò hù
兵，渡过护
chéng hé jīn bīng
城河，金兵
men pān zhe yún tī
们攀着云梯
qiāo qiāo pá jìn le
悄悄爬进了
chéng duǒ wù zhú
城垛。兀术
jiàn zhuàng dà zàn
见状，大赞

金兵夜袭潞安州，落入城上早已设置好的机关当中，损失惨重

军师。忽然一声炮响，霎时，城头上灯火通明，金兵人头一个个被抛下城来。原来城上用竹子撑着丝网，网上全都挂着倒须钩。那些趁黑夜爬上城的金兵看不见，都撞进了网里，全都被杀了。

兀术黔驴技穷，心急如焚。几天后，陆登正好回城内衙门处理公务，守城士兵们放松了警惕。岂料，兀术又带一千多人，悄悄来到水关，哪知水关也被网拦着，网上到处是铜铃，一碰就响。守城官兵忙用挠钩收网，兀术趁势用刀割断网上的绳子，跳上岸来，杀死宋军的守卫，打开了城门。他又放下吊桥，吹响胡笳，外边的金兵汹涌而入。宋军寡不敌众，潞安州失陷。陆登闻报，夫妻俩自杀殉国，留下一个年仅三岁的幼子陆文龙。

兀术占据了潞安州，又率大军来到两狼关。汴梁节度使孙浩率领五万大军前来救援，想趁兀术不注意，突袭金军，就率领全军，杀进了金军大营。金兵人多势众，宋军如入虎狼之穴，很快抵挡不住了。韩世忠得知孙浩杀进金营，大惊失色，只好和大公子韩尚德一起带兵去协助孙浩。兀

zhú pài jīn bīng tuō zhù hán shì zhōng fù zǐ zì jǐ zé shuài jūn zhí bèn liǎng láng guān hán shì
术派金兵拖住韩世忠父子，自己则率军直奔两狼关。韩世
zhōng de qī zi liáng hóng yù qīn zì chū guān yíng zhàn wù zhú zhī dào tā shì gè nǚ zhōng háo
忠的妻子梁红玉亲自出关迎战。兀术知道她是个女中豪
jié quàn xiáng le yì fān bèi liáng hóng yù yì kǒu cuì le huí qù liáng hóng yù lūn qǐ shǒu
杰，劝降了一番，被梁红玉一口啐了回去。梁红玉抡起手
zhōng de dāo jiù xiàng wù zhú kǎn qù wù zhú jǔ fǔ xiāng yíng liáng hóng yù dí bu guò wù
中的刀就向兀术砍去，兀术举斧相迎。梁红玉敌不过兀
zhú dǎ le sān sì gè huí hé bài xià zhèn lái zhǐ dé diào zhuǎn mǎ tóu xiàng guān nèi jí
术，打了三四个回合，败下阵来，只得掉转马头，向关内急
bēn nà wù zhú suí hòu jǐn zhuī sòng bīng jiē yìng liáng hóng yù rù guān lì kè tuī chū tiě huá
奔，那兀术随后紧追。宋兵接应梁红玉入关，立刻推出铁滑
chē dǎng zhù jīn bīng pào shǒu men yě diǎn huǒ kāi pào bù liào dà pào zhà le pào táng bú dàn
车挡住金兵，炮手们也点火开炮。不料大炮炸了炮膛，不但
méi yǒu dǎ dào jīn bīng hái bǎ liǎng láng guān zhà kāi le yí gè dà quē kǒu wù zhú chèn jī
没有打到金兵，还把两狼关炸开了一个大缺口。兀术趁机
shuài lǐng jīn bīng chōng jìn guān nèi hán shì zhōng fū fù wú nài zhǐ dé chè lí liǎng láng guān hán
率领金兵冲进关内。韩世忠夫妇无奈只得撤离两狼关，韩
shì zhōng jué dìng qù jīng chéng qǐng zuì
世忠决定去京城请罪。

韩世忠的妻子梁红玉亲自出关迎战

金兵很快便攻到了河间府。河间府守将张叔夜听说潞州、两狼关全都失守，料想自己的城池也难保全，便与众将商定先向金兵诈降，然后再伺机杀退金兵，于是河间府众将官假意将金兵迎接进城。

金兵已经逼近黄河对岸的消息传到汴梁，徽、钦二帝吓得慌了手脚，钦宗一面派康王赵构速到江南去召集各路兵马，一面拜李纲为师，宗泽为先锋，领兵五万奔往黄河退敌。李纲率军来到黄河口安营扎寨，派兵把守黄河沿岸一带。为了防止金国的奸细过河探查，李纲派随从张保守住黄河口。晚上，张保驾小船来到河对岸，把船藏在芦苇中，上岸后，张保悄悄地潜入金营，抓了个金兵逼问，才知道这里正是兀术的造船厂。张保杀了一些船匠、金兵，放火将船厂烧了，然后才来到河口，摇船回去了。

金人没了船只，正愁无法过河，不曾想猛然刮起狂风来，连续几天乌云密布，阴雨绵绵，天气非常寒冷。没过几天，黄河就结了一层厚厚的冰。兀术喜出望外，带领金

张保坐了条小船来到河对岸

bīng tà bīng dù hé shàng àn sòng jūn jiàn jīn bīng lái shì xiōng xiōng xià de diū kuī qì jiǎ
兵踏冰渡河上岸。宋军见金兵来势汹汹，吓得丢盔弃甲，
pīn mìng xiàng nán táo qù zhāng bǎo jiàn shì bú miào lián máng pǎo jìn yíng fáng bēi le lǐ gāng
拼命向南逃去。张保见势不妙，连忙跑进营房，背了李纲
jiù pǎo zōng zé jiàn bīng jiàng men dōu qì yíng táo pǎo le zhǐ hǎo suí zhe rén liú xiàng nán táo
就跑。宗泽见兵将们都弃营逃跑了，只好随着人流向南逃
mìng lǐ gāng hé zōng zé hái méi yǒu dào dá jīng chéng cháo tíng jiù jiàng zhǐ jiāng tā men xiāo
命。李纲和宗泽还没有到达京城，朝廷就降旨，将他们削
zhí wéi mín
职为民。

# 第七回　奸臣卖国求荣

wù zhú shuài lǐng dà jūn méi yù dào rèn hé zǔ náo cóng róng bú pò di guò le huáng
兀术率领大军，没遇到任何阻挠，从容不迫地过了黄
hé dào biàn liáng chéng wài ān dùn xià lái qīn zōng huáng dì huāng máng zhào jí wén wǔ bǎi guān
河，到汴梁城外安顿下来。钦宗皇帝慌忙召集文武百官
shāng yì duì cè cháo zhōng shǎo shù zhǔ zhāng bèi shuǐ yí zhàn duō shù zhǔ zhāng shǒu chéng děng
商议对策，朝中少数主张背水一战，多数主张守城，等
dài yuán jūn zhǐ yǒu zhāng bāng chāng jiàn yì zhǔn bèi hòu lǐ tán hé zhāng bāng chāng de tí yì
待援军，只有张邦昌建议准备厚礼谈和。张邦昌的提议
yíng hé le qīn zōng dì de xīn yì qīn zōng dì dāng jí mìng rén zhǔn bèi huáng jīn měi nǚ yóu
迎合了钦宗帝的心意，钦宗帝当即命人准备黄金美女，由
zhāng bāng chāng dài qù miàn jiàn wù zhú
张邦昌带去面见兀术。

zhāng bāng chāng zài jīn yíng wài qiú jiàn wù zhú tīng shuō tā shì gè dà jiān chén xià lìng jiāng tā shā le jūn shī hā mí chī zǔ lán shuō
张邦昌在金营外求见，兀术听说他是个大奸臣，下令将他杀了，军师哈迷蚩阻拦说：

张邦昌面见兀术

mù qián zhèng yòng de shàng cǐ rén děng dé le sòng cháo tiān xià zài shā tā yě bù chí
“目前正用得上此人，等得了宋朝天下，再杀他也不迟。”
wù zhú jué de yǒu dào lǐ lì jí ràng zhāng bāng chāng jìn lái zhāng bāng chāng jiàn le wù zhú
兀术觉得有道理，立即让张邦昌进来。张邦昌见了兀术，
xiàn shàng lǐ dān wù zhú shuō zhǐ yào nǐ zhōng xīn tì jīn guó bàn shì wǒ jiù fēng nǐ wéi
献上礼单。兀术说：“只要你忠心替金国办事，我就封你为
chǔ wáng zhāng bāng chāng kòu tóu rú dǎo suàn de xiè ēn wù zhú yú shì ràng tā xiàn jì duó
楚王。”张邦昌叩头如捣蒜的谢恩。兀术于是让他献计，夺
qǔ sòng cháo jiāng shān zhāng bāng chāng shuō zhǐ yào xiān shǐ tā hòu jì wú rén jiù néng duó
取宋朝江山。张邦昌说：“只要先使他后继无人，就能夺
dé tā de jiāng shān wù zhú dà xǐ wèn dào rú hé shǐ tā hòu jì wú rén zhāng
得他的江山。”兀术大喜，问道：“如何使他后继无人？”张
bāng chāng shuō láng zhǔ kě xiàng qīn zōng dì yào yí gè qīn wáng zuò rén zhì rú ruò bù kěn
邦昌说：“狼主可向钦宗帝要一个亲王做人质。如若不肯，
biàn yǐ bù kěn tuì bīng xiāng yāo xié bù yòng dān xīn tā bù bǎ qīn wáng jiāo chū lai wù zhú
便以不肯退兵相要胁，不用担心他不把亲王交出来。”兀术
yú shì pài rén suí zhāng bāng chāng qù jiàn qīn zōng dì
于是派人随张邦昌去见钦宗帝。

zhāng bāng chāng dài huí le wù zhú de tiáo jiàn qīn zōng dì yì shí chóu chú bú dìng
张邦昌带回了兀术的条件，钦宗帝一时踌躇不定。
jīng chéng jǐ wàn bǎi xìng dé zhī xiāo xi jí jù zài gōng mén qián cháng guì bù qǐ qǐng zòu
京城几万百姓得知消息，集聚在宫门前，长跪不起，请奏
huáng shang qiān wàn bú yào yīng yǔn bìng lián míng yāo qiú qīn zōng dì gé le zhāng bāng chāng de
皇上千万不要应允，并联名要求钦宗帝革了张邦昌的
zhí rèn yòng lǐ gāng zōng zé děng rén bǎo wèi jīng chéng dài qín wáng bīng mǎ dào dá hòu shā
职，任用李纲、宗泽等人保卫京城，待勤王兵马到达后杀
tuì jīn bīng
退金兵。

qīn zōng dì shì gè dǎn xiǎo pà shì de rén tā méi yǒu tīng cóng bǎi xìng de qǐng yuàn
钦宗帝是个胆小怕事的人，他没有听从百姓的请愿，
dā ying le wù zhú de tiáo jiàn qīn zōng dì miàn jiàn le huī zōng xiàng huī zōng kū sù jīn
答应了兀术的条件。钦宗帝面见了徽宗，向徽宗哭诉：“金
rén yào yí gè qīn wáng zuò wéi rén zhì cái kěn tuì bīng huī zōng tīng le lǎo lèi zòng héng
人要一个亲王作为人质，才肯退兵。”徽宗听了，老泪纵横。

tā míng zhī zhè shì chéng xiàng zhāng bāng chāng de zhǔ yi dàn cǐ shí yě méi yǒu bàn fǎ zhǐ
他明知这是丞相张邦昌的主意，但此时也没有办法，只
dé rěn tòng gē ài jiào lái shí wǔ suì de zhào wáng gēn tā shuō le yì fān bǎo hù zǔ zōng
得忍痛割爱，叫来十五岁的赵王，跟他说了一番保护祖宗
jī yè bǎo quán dà sòng jiāng shān zhī lèi de huà zhào wáng shì gè xiào zǐ jiàn fù qīn wéi
基业保全大宋江山之类的话。赵王是个孝子，见父亲为
nán zhǐ dé dā ying lín xíng qián zhào wáng duì zhe biàn jīng tòng kū yì fān cái gēn zhe xīn
难，只得答应。临行前，赵王对着汴京痛哭一番，才跟着新
kē zhuàng yuán qín huì lái dào jīn yíng zhàng fáng wài wù zhú mìng rén bǎ zhào wáng qǐng jìn lái
科状元秦桧来到金营帐房外。兀术命人把赵王请进来
xiāng jiàn dāng chāi de jīn bīng tīng cuò le yǐ wéi jiào tā bǎ zhào wáng lā jìn lái biàn zǒu
相见，当差的金兵听错了，以为叫他把赵王拉进来，便走
guò qù yì bǎ bǎ zhào wáng zhuài xià mǎ tuō le jiù zǒu qín huì máng zài hòu miàn hǎn
过去一把把赵王拽下马，拖了就走。秦桧忙在后面喊：
bú yào bǎ wǒ men diàn xià xià huài le shéi zhī tuō dào diàn shang shí zhào wáng zǎo jiù
“不要把我们殿下吓坏了。”谁知拖到殿上时，赵王早就
bèi xià sǐ le
被吓死了。

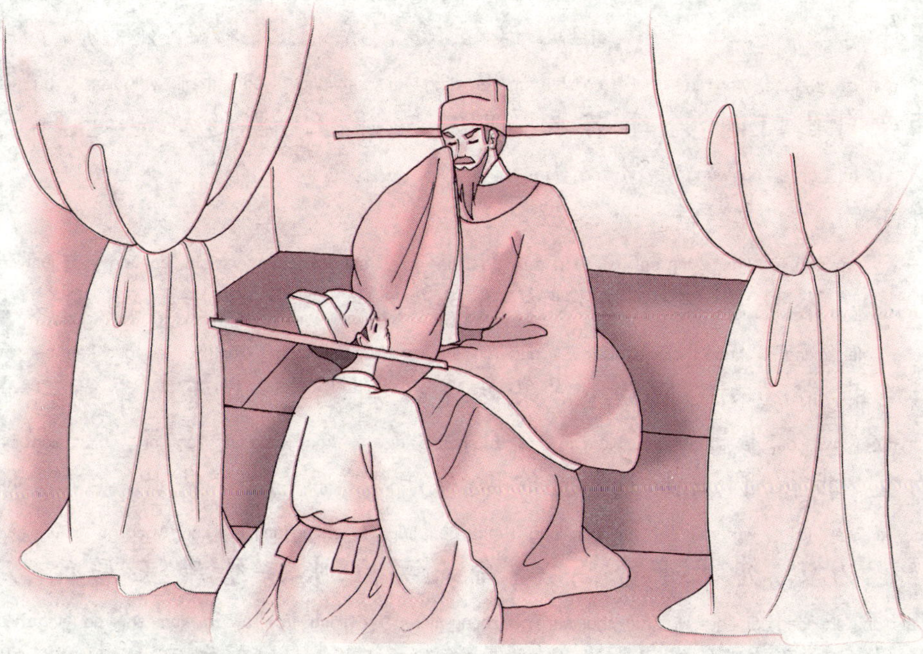

钦宗告诉徽宗，金国要一个亲王作为人质，才肯退兵，徽宗忍不住流下泪来

兀术叫秦桧将赵王埋了，又找来张邦昌讨计。张邦昌说：“还有一个九殿下康王赵构，我去给你要来。”张邦昌回到皇宫，见了徽宗，虚心假意地哭道：“赵王惊慌跌落马下，死在了金营。现在兀术又要一个亲王做人质，才肯退兵。倘若逆他而为，就要杀进宫来。”徽宗听了十分为难，但为了苟且一时，只得将康王赵构找来。康王无奈，只得答应去金营做人质。徽宗、钦宗派了吏部侍郎李若水护送康王到金营。

张邦昌说：“九殿下已经要来了，朝庭里再也没有小殿下了。”兀术一听，担心这位宋朝亲王又被吓死，派了军师亲自出门迎接。李若水暗暗叮嘱康王，要随机应变，不可折了锐气，康王一一答应。

兀术见康王十五六岁的年纪，是个唇红齿白的英俊小生，非常喜欢，便说：“果然是仪表堂堂，殿下如果肯拜我为父，我得了江山，便扶你做皇帝。”康王听见此，便勉强拜他为父。兀术十分高兴，命人另立帐房给康王居住。兀术赏识同来的李若水是个忠臣，也将他留在军师的营帐前听令。

第二天，兀术又问张邦昌下一步的打算。张邦昌道：“下一步，我将徽、钦两位皇帝送给狼主。”兀术很兴奋，依计而行。

康王赵构拜兀术为父

张邦昌回到汴京来见徽、钦二帝，奏请说：“兀术的臣子商议对策说，康王只是个亲王，最好是将五代先王牌位也交出来。臣以为，这牌位又不能解决眼下之急，暂且交给他也行，等各省勤王兵马到了，再迎回来也未尝不可。”徽、钦二帝听了，捶胸顿足的去太庙痛哭了一场，捧出五代祖先牌位来，交给张邦昌。张邦昌又提出要两位皇帝亲自送到金营，以示诚意。两位皇帝无奈，只得拿着牌位出了城门，刚走过吊桥，就被一涌而上的金兵绑了起来。

徽、钦两位皇帝做了俘虏，除了康王赵构在金营做人质外，从后妃、亲王到所有皇亲国戚，都被金兵俘获。兀术怕宋朝百姓不服统治，又怕各地勤王兵马赶到，不敢久滞，立即将张邦昌立为皇帝，国号大楚，自己则带领兵马暂时回国。金兵将徽、钦二帝押上囚车，又将太子、公主、后妃、亲王，以及不肯服从张邦昌的文武百官，编入俘虏队伍押往金国。兀术还从主动投降的官员中选了秦桧等人也带在军中，又强迫大量工匠、优伶随行，连同掠夺到的财宝、文物一起渡河返回金国。

回到黄龙府后，金国皇帝完颜阿骨打大摆庆功宴，奖赏有功将帅，席间对赵佶、赵桓百般戏弄。李若水哪能忍受

李若水看见自己的君主受到这样的侮辱，
指着阿骨打的鼻子就骂

zì jǐ de jūn wáng shòu dào zhè yàng de wǔ rǔ nù bù kě è shàng qián zhǐ zhe ā gǔ dǎ
自己的君王受到这样的侮辱，怒不可遏，上前指着阿骨打
de bí zi jiù mà ā gǔ dǎ shí fēn nǎo huǒ xià lìng gē qù tā de shí gēn zhǐ tou shí
的鼻子就骂。阿骨打十分恼火，下令割去他的十根指头。十
zhǐ bèi gē lǐ ruò shuǐ hái shì jǔ zhe xiě lín lín de shǒu zhǎng mà bù jué kǒu lǐ ruò shuǐ
指被割，李若水还是举着血淋淋的手掌，骂不绝口。李若水
yòu bèi gē qù shé tou tā chéng le yí gè xuè rén chèn jīn bīng shì wèi bú zhù yì měng
又被割去舌头。他成了一个血人，趁金兵侍卫不注意，猛
de pū guò qù bào zhù ā gǔ dǎ jiù yǎo jīn jiàng men huāng máng shàng qián jiāng lǐ ruò shuǐ
得扑过去，抱住阿骨打就咬。金将们慌忙上前，将李若水
chě kāi tuō chū qù yí zhèn luàn dāo kǎn chéng le ròu ní
扯开，拖出去一阵乱刀，砍成了肉泥。

# 第八回 康王脱身登基

阿骨打将徽宗赵佶封为“昏德公”，将钦宗赵桓封为“重昏侯”，押往五国城囚禁起来。其他的俘虏一并分配给金国贵族当奴仆使唤。两位皇帝被关在一口枯井里，每日坐井观天，追悔莫急。

当时金营里有一位汉人，他是当年北宋代州雁门关的总兵崔孝，流落在金国已经十八年了。崔孝擅长医马，经常在金营里走动，和金兵们相处得很好。他听说徽、钦二帝被囚禁在五国城里，就准备了两件羊皮袄，烧了几十斤牛羊脯，又带了一根长绳，来到五国城。崔孝进了五国城，一边走，一边寻找。因为城里拘禁犯人的土井很多，他找了一上午，喊了半天，也不见踪迹。崔孝也上了年纪，渐渐觉得腰酸腿疼，体力不支，便蹲在一个井边睡着了。醒过来时，他听到有人说：“王儿”，又有人答：“王

崔孝为徽、钦二帝送来衣服和食物

er zài cǐ
儿在此”。
cuī xiào xīn
崔孝心
xiǎng jǐng xià
想，井下
dìng shì èr dì
定是二帝
le biàn gāo
了，便高
shēng jiào dào
声叫道：
wàn suì chén
“万岁，臣
shì dài zhōu yàn
是代州雁
mén guān zǒng bīng
门关总兵
cuī xiào chén méi yǒu qí tā dōng xi kě yǐ xiào jìng zhǐ yǒu zhè xiē shí wù hé yī fu
崔孝。臣没有其他东西可以孝敬，只有这些食物和衣服，
yuàn èr dì bǎo zhòng lóng tǐ a rán hòu tā yòng shéng zi bǎ yī fu hé shí wù bǎng
愿二帝保重龙体啊！”然后，他用绳子把衣服和食物绑
le sòng xià jǐng qù cuī xiào tīng shuō kāng wáng zhào gòu zài cǐ dì zuò rén zhì jiàn yì èr
了，送下井去。崔孝听说康王赵构在此地做人质，建议二
dì xiě zhào shū jiào kāng wáng táo huí zhōng yuán dēng jī chēng dì rán hòu fā bīng lái jiù
帝写诏书，叫康王逃回中原，登基称帝，然后发兵来救
èr dì huí guó èr dì yú shì chě xià le yí kuài yī shān yǎo pò shǒu zhǐ xiě le yì fēng
二帝回国。二帝于是扯下了一块衣衫，咬破手指写了一封
xuè shū jiāng shū xìn bǎng zài shéng zi shang cuī xiào ná dào hòu cáng zài yī fu li lí kāi
血书，将书信绑在绳子上。崔孝拿到后藏在衣服里离开
wǔ guó chéng yòu qiāo qiāo sì chù dǎ tīng kāng wáng de xià luò
五国城，又悄悄四处打听康王的下落。

zhuǎn yǎn yòu dào le chūn tiān wù zhú zài cì dài lǐng wǔ shí wàn rén mǎ shā jìn zhōng
转眼又到了春天，兀术再次带领五十万人马杀进中

yuán zhè cì cuī xiào yě suí jūn chū zhēng zhè tiān jīn bīng yíng li dā qǐ le yí gè zhàng
原，这次崔孝也随军出征。这天，金兵营里搭起了一个帐
péng bǎi le xiē zhū yáng yú yā zhī lèi zhǔn bèi jì zǔ wáng ye men zhàn zài páng biān shì
篷，摆了些猪羊鱼鸭之类，准备祭祖，王爷们站在旁边侍
fèng zhǐ jiàn wù zhú qí zhe pǐ huǒ lóng jū hòu miàn gēn zhe yí gè nián qīng rén cháo zhàng
奉。只见兀术骑着匹火龙驹，后面跟着一个年轻人，朝帐
péng ér lái cuī xiào yě gēn zài rén qún hòu miàn guān wàng yí wèn cái zhī dào nà nián qīng rén
篷而来。崔孝也跟在人群后面观望，一问才知道那年轻人
biàn shì kāng wáng tū rán kāng wáng de zuò qí dǎ le gè liè qie chà diǎn jiāng tā shuāi xià
便是康王。突然，康王的坐骑打了个趔趄，差点将他摔下
mǎ lái shēn hòu fēi yú dài li de diāo gōng diào dào le dì shang cuī xiào jiàn zhuàng lián
马来，身后飞鱼袋里的雕弓掉到了地上。崔孝见状，连
máng shàng qián bāng kāng wáng jiǎn qǐ diāo gōng bìng chèng jī wèn hǎo dā shàn wù zhú kǎo lǜ dào
忙上前帮康王捡起雕弓，并乘机问好搭讪。兀术考虑到
cuī xiào shì gè zhōng yuán rén yòu zài jīn guó dāi le shí jiǔ nián biàn mìng tā zhuān mén fú
崔孝是个中原人，又在金国待了十九年，便命他专门服
shì kāng wáng
侍康王。

jì zǔ zhī hòu zhòng rén huí dào dà yíng zhōng bǎi yàn hē jiǔ kāng wáng xiǎng dào fù
祭祖之后，众人回到大营中摆宴喝酒。康王想到父
xiōng hái zài jīn guó wéi fú zǔ xiān wú rén jì sì bù jué xīn li bēi qī yú shì jiè kǒu
兄还在金国为俘，祖先无人祭祀，不觉心里悲戚，于是借口
shēn tǐ bú shì huí dào yíng fáng xiū xi cuī xiào yě jiè kǒu fú shì kāng wáng suí qí huí dào
身体不适，回到营房休息。崔孝也借口服侍康王随其回到
le yíng fáng tā zhī kāi kāng wáng shēn biān de jīn bīng cóng jiá yī nèi qǔ chū huī qīn èr dì
了营房，他支开康王身边的金兵，从夹衣内取出徽、钦二帝
de xuè zhào chéng gěi kāng wáng kāng wáng jiē guò wáng fù wáng xiōng xiě de xuè shū yí kàn zài
的血诏，呈给康王。康王接过王父王兄写的血书，一看再
kàn lèi rú quán yǒng tū rán wài miàn jīn bīng bào dào láng zhǔ lái le kāng wáng gǎn
看，泪如泉涌。突然，外面金兵报道：“狼主来了。”康王赶
jǐn shōu hǎo xuè zhào yíng chū lái
紧收好血诏，迎出来。

wù zhú gāng jìn zhàng fáng hū jiàn duì miàn zhàng péng shang luò zhe yì zhī guài niǎo cháo
兀术刚进帐房，忽见对面帐篷上落着一只怪鸟，朝

yíng fáng fā chū
营房发出
yí zhèn guài
一阵怪
jiào wù zhú
叫。兀术
hào qí de
好奇地
wèn zhè shì
问："这是
shén me niǎo
什么鸟，
hǎo xiàng shuō nán
好像说南
fāng huà kāng
方话。"康
wáng yě bù zhī
王也不知

康王看到父兄写的血书，一时泪如泉涌

dào shì shén me niǎo líng jī yí dòng piàn tā shuō zhè shì zhǒng guài niǎo kàn jiàn le bù jí
道是什么鸟，灵机一动骗他说："这是种怪鸟，看见了不吉
lì tā zhèng zài zǔ zhòu fù wáng ne wù zhú tīng le dà nù yào jiāng tā shè xià lái
利，它正在诅咒父王呢。"兀术听了大怒，要将它射下来。
kāng wáng shuō ràng wǒ lái ba tā niān gōng dā jiàn yí jiàn shè qù nà niǎo zhǎn kāi chì
康王说："让我来吧！"他拈弓搭箭，一箭射去，那鸟展开翅
bǎng fēi zǒu le kāng wáng yǒu yì táo chū jīn yíng biàn fān shēn shàng mǎ jiǎ yì qù zhuī nà
膀飞走了。康王有意逃出金营，便翻身上马，假意去追那
niǎo wù zhú yǐ wéi kāng wáng zhǐ shì xiǎo hái pí qì zhǐ wèi zhuī nà zhī niǎo yě bú qù guǎn
鸟。兀术以为康王只是小孩脾气，只为追那只鸟，也不去管
tā dàn hǎo jiǔ yě bú jiàn kāng wáng huí lái wù zhú dān xīn tā nián qīng bù shàn qí mǎ
他，但好久也不见康王回来，兀术担心他年轻，不善骑马，
chū shén me yì wài biàn tiào shàng mǎ qù zhuī
出什么意外，便跳上马去追。

bù yí huì er gōng fu wù zhú cóng hòu miàn zhuī le shàng lái biān zhuī biān hǎn wáng
不一会儿工夫，兀术从后面追了上来，边追边喊："王

康王有意逃出金营，跳上马，假意去追鸟





er kuài wǎng huí zǒu kāng wáng tīng jiàn le xià de shī hún luò pò yě gù bu shàng shén
儿，快往回走！”康王听见了，吓得失魂落魄，也顾不上什
me zhǐ guǎn xiàng qián bēn fèn lì pǎo dào jiā jiāng biān tái yǎn wàng qù máng máng jiāng shuǐ
么，只管向前奔，奋力跑到夹江边，抬眼望去，茫茫江水，
qián wú chū lù hòu yǒu zhuī bīng kāng wáng xīn li yì zháo jí tái shǒu yáng biān nà mǎ jīng
前无出路，后有追兵。康王心里一着急，抬手扬鞭，那马惊
de liǎng tí yì jǔ bēi zhe kāng wáng jiù chōng xiàng jiāng xīn wù zhú yuǎn yuǎn de kàn jiàn bù
得两蹄一举，背着康王就冲向江心。兀术远远地看见，不
jīn jiào dào bù hǎo gǎn dào jiāng biān yí kàn kāng wáng yǐ jīng bú jiàn zōng yǐng zhǐ hǎo
禁叫道：“不好！”赶到江边一看，康王已经不见踪影，只好
wǎng huí zǒu wù zhú huí dào yíng fáng hán lèi bǎ kāng wáng zhuì rù jiāng xīn de shì shuō le
往回走。兀术回到营房，含泪把康王坠入江心的事说了，
zhòng rén quàn gào tā shùn yìng biàn gù
众人劝告他顺应变故。

qí shí kāng wáng bìng wèi luò shuǐ ér sǐ nà mǎ shén lì téng kōng yuè qǐ biàn
其实康王并未落水而死，那马神力，腾空跃起，便
jiāng kāng wáng tuó guò le jiā jiāng yòu lái dào yí chù mì lín tiān sè yǐ wǎn kāng wáng
将康王驮过了夹江，又来到一处密林，天色已晚，康王

zhǐ zài fù jìn zhǎo dào yí zuò gǔ miào zhǐ dé còu he zhe zài miào li zhù le yí yè
只在附近找到一座古庙，只得凑合着在庙里住了一夜。
dì èr tiān tiān gāng pò xiǎo kāng wáng biàn chū le lín zi xiàng rén dǎ tīng xiàn yá de
第二天，天刚破晓，康王便出了林子，向人打听县衙的
suǒ zài
所在。

jiā jiāng shǔ cí zhōu fēng qiū xiàn suǒ guǎn xiá xiàn guān míng jiào dū kuān zhè tiān
夹江属磁州丰丘县所管辖，县官名叫都宽。这天，
yá yì lái bǐng bào dū kuān shuō yí gè zì chēng shì kāng wáng zhào gòu de rén yāo qiú jiàn
衙役来禀报都宽，说一个自称是康王赵构的人要求见
nín dū kuān yì tīng lián máng chū mén yíng jiē jiàn nà rén suī rán luò pò dàn yù shù
您。都宽一听，连忙出门迎接，见那人虽然落魄，但玉树
lín fēng yī zhuó huá guì zhī dào shì kāng wáng bù jiǎ lì kè dǎo tóu biàn bài dū kuān
临风，衣着华贵，知道是康王不假，立刻倒头便拜。都宽
jiāng kāng wáng yíng dào yá nèi yí miàn ān pái jiǔ fàn yí miàn pài qiǎn bīng mǎ shǒu chéng
将康王迎到衙内，一面安排酒饭，一面派遣兵马守城，
bìng tōng zhī gè lù bīng mǎ qián lái bǎo jià bù duō shí yù yíng dū tǒng zhì wáng yuān
并通知各路兵马前来保驾。不多时，御营都统制王渊、
hé běi dū tǒng zhì zhāng suǒ shuài bīng zài chéng wài hòu zhǐ tīng lìng jūn chén zài xiàn táng xiāng
河北都统制张所率兵在城外候旨听令。君臣在县堂相
jiàn yǎn miàn tòng kū fēng qiū chéng dī bīng shǎo rú guǒ jīn bīng wén shēng zhuī lái shí
见，掩面痛哭。丰丘城低兵少，如果金兵闻声追来，十
fēn wēi xiǎn wáng yuān zòu qǐng kāng wáng qián wǎng nán jīng jīn shāng qiū jí wèi rán hòu
分危险，王渊奏请康王前往南京（今商丘）即位，然后
zhāo tiē gào shì mù jí sì fāng háo jié zhǔ yi yǐ dìng kāng wáng jūn chén zé rì dòng
招贴告示，募集四方豪杰。主意已定，康王君臣择日动
shēn qián wǎng nán jīng yán tú zhōu xiàn guān lì dé zhī fēn fēn xiàn jīn nà liáng sòng zhì
身，前往南京。沿途州县官吏得知，纷纷献金纳粮，送至
jīng chéng
京城。

kāng wáng dào le nán jīng dà chén men xiàn shàng wáng guàn lóng páo wǔ yuè chū yī kāng
康王到了南京，大臣们献上王冠龙袍。五月初一，康
wáng zài nán jīng jí wèi shì wèi gāo zōng gǎi yuán jiàn yán dà shè tiān xià zhào jí sì fāng
王在南京即位，是为高宗，改元建炎，大赦天下，召集四方

康王在南京即位，是为高宗

勤王兵马。几天后，赵鼎、田思中、李纲、宗泽等各路节度使、总兵都来护驾。宗泽又向高宗举荐了岳飞。高宗曾听说过岳飞挑死小梁王的事，很欣赏他，当即下招他前来共同抗金。

# 第九回 岳母为忠刺字

再说岳飞五兄弟那天杀出校场后，一路向汤阴逃去。路上王贵生了病，耽误了些时间，恰巧太行山的强盗在京城外烧杀抢掠，宗泽奉命剿匪，兄弟几个前去助阵，胜利而归。宗泽带他们回去领赏，不想张邦昌从中使坏，岳飞只封了个“承信郎”的小官。宗泽又担心奸臣陷害他们，就让他们先回了汤阴，等待时机再向朝廷举荐。

岳飞枪挑小梁王后名声远扬。同科武生施全、赵云、周青、梁兴、吉青敬仰岳飞，一心想要追随，于是众人结拜为生死之交的兄弟，同回汤阴。回到家乡之初，众兄弟每天吟诗习武，日子过得还算充实。不料那年汤阴县瘟疫肆虐，王员外夫妇、汤员外夫妇相继染病去世。隔年又逢旱灾，米价飞涨，饥民到处都是。牛皋、王贵、张显等一伙兄弟，仗着有些武艺，到太行山做强盗去了。牛夫人苦劝无

岳飞务农养家，苦守清贫

果，气绝而死。唯有岳飞种田养家，清贫度日。这年岳飞已经二十三岁，自结婚以来，生养了几个子女，长子岳云已经七岁。岳母姚氏和妻子李氏勤劳俭朴，一家老小倒也过得平安快活。

一天，岳飞正在武场练枪，王贵、牛皋、施全等人回来找他，想拉他入伙，共享富贵。岳飞劝他们不要再不劳而获，众兄弟不听，岳飞一怒之下，举枪在地上画了一条横线，说道："为兄与你们画地断义，各自珍重！"王贵等无奈，只得骑马往太行山去了。

岳飞心里十分难过，无心练枪，便回到房中。想起从汴京回到家乡后，接连听说汴京失陷，徽、钦二帝被俘，张邦昌做了傀儡等消息，不禁为多难的国家忧急。现在康王

岳飞开了门，见门外站着一个陌生人

zhào gòu yǐ zài jiàn kāng
赵构已在建康
jí wèi gè dì qín
即位，各地勤
wáng bīng mǎ jù jí nán
王兵马聚集南
jīng bù zhī shén me
京，不知什么
shí hou cái néng fā bīng
时候才能发兵
běi shàng shōu fù shī
北上，收复失
dì zhèng xiǎng de rù
地。正想得入
shén hū rán mén wài
神，忽然门外
chuán lái kòu mén shēng yuè fēi dǎ kāi mén jiàn mén wài zhàn zhe yí gè mò shēng rén shuāng
传来叩门声。岳飞打开门，见门外站着一个陌生人，双
fāng jiàn le lǐ yuè fēi wèn dào xiōng zhǎng yǒu hé zhǐ jiào nà rén yě bù huí dá jìng
方见了礼，岳飞问道："兄长有何指教？"那人也不回答，径
zhí zǒu dào zhōng táng bǎ yí gè chén zhòng de bāo guǒ fàng zài zhuō zi shang dǎo tóu biàn bài
直走到中堂，把一个沉重的包裹放在桌子上，倒头便拜：
xiǎo dì yú gōng hú guǎng rén shì jīn nián èr shí èr suì yǎng mù yuè xiōng dà míng tè
"小弟于工，湖广人氏，今年二十二岁。仰慕岳兄大名，特
yì qián lái tóu bèn xiǎng xué xiē wǔ yì rú guǒ xiōng zhǎng bù xián qì qíng yuàn jié wéi xiōng
意前来投奔，想学些武艺。如果兄长不嫌弃，情愿结为兄
dì zhù zài yuè jiā zhuāng yǐ biàn zhāo xī tǎo jiào bù zhī yì xià rú hé yuè fēi jiàn
弟，住在岳家庄，以便朝夕讨教，不知意下如何？"岳飞见
tā zhí shuǎng shì tiáo hǎo hàn suì yǔ tā jié wéi xiōng dì jié bài zhī hòu yú gōng qǔ chū
他直爽，是条好汉，遂与他结为兄弟。结拜之后，于工取出
èr bǎi liǎng bái yín jiāo gěi yuè fēi yuè fēi tuī cí bú guò zhǐ dé jiāo gěi mǔ qīn yú gōng
二百两白银交给岳飞，岳飞推辞不过，只得交给母亲。于工
yòu xiàng yuè fēi yào le gè dà pán zi jiāng pán zi fàng zài zhuō zi zhōng jiān dǎ kāi bāo
又向岳飞要了个大盘子，将盘子放在桌子中间，打开包

guǒ qǔ chū shí gè mǎ tí jīn jǐ shí kē dà zhēn zhū yí jiàn xīng hóng zhàn páo yì tiáo
裹，取出十个马蹄金、几十颗大珍珠、一件猩红战袍、一条
yáng zhī yù líng lóng dài gè chéng zài pán nèi rán hòu cóng xiōng qián qǔ chū yì fēng xìn jiào
羊脂玉玲珑带，各盛在盘内，然后从胸前取出一封信，叫
yuè fēi jiē zhǐ
岳飞接旨。

yuè fēi duì yǎn qián yí mù nán yǐ zhì xìn xīn xiǎng cháo tíng xià zhǐ wèi hé bú pài
岳飞对眼前一幕难以置信，心想：朝廷下旨为何不派
tāng yīn xiàn de xiàn guān xú rén lái ne zhè shèng zhǐ kěn dìng chū chù bù xiáng yú shì tā wèn
汤阴县的县官徐仁来呢？这圣旨肯定出处不详。于是他问
dào xián dì zhè shèng zhǐ shì cóng hé chù lái de shuō míng le wǒ cái néng jiē nà rén
道："贤弟这圣旨是从何处来的？说明了，我才能接。"那人
zhè cái shuō chū shí qíng bù mán dà gē xiǎo dì bìng fēi yú gōng shì dòng tíng hú yì jūn
这才说出实情："不瞒大哥，小弟并非于工，是洞庭湖义军
lǐng xiù yáng yāo de jūn shī wáng zuǒ yīn wèi cháo tíng rèn yòng jiān chén láo mín shāng cái zhì
领袖杨幺的军师王佐。因为朝廷任用奸臣，劳民伤财，致
shǐ guó tǔ sàng shī mù qián huī qīn èr dì bèi fú tiān xià wú zhǔ wǒ zhǔ gōng shùn yìng
使国土丧失。目前徽、钦二帝被俘，天下无主，我主公顺应
tiān mìng yǒu zhì huī fù zhōng yuán yǐ ān bǎi xìng jiǔ mù dà gē wén tāo wǔ lüè tè pài
天命，有志恢复中原，以安百姓。久慕大哥文韬武略，特派
xiǎo dì chéng qǐng dà gē qù dòng tíng hú wán chéng dà yè gòng xiǎng fù guì yuè fēi tīng
小弟诚请大哥，去洞庭湖完成大业，共享富贵。"岳飞听
le dà chī yì jīng shuō yuán lái rú cǐ wǒ yuè fēi suī rán wú cái dàn bì jìng céng shì
了，大吃一惊说："原来如此！我岳飞虽然无才，但毕竟曾是
sòng cháo de chéng xìn láng zěn me huì qì guó tóu zéi ne wáng zuǒ quàn shuō gǔ rén
宋朝的'承信郎'，怎么会弃国投贼呢？"王佐劝说："古人
shuō tiān xià fēi yì rén zhī tiān xià wéi yǒu dé zhě jū zhī èr dì dōu shì hūn jūn yòu
说'天下非一人之天下，唯有德者居之'二帝都是昏君，又
bèi wù zhú fú lǔ le xiàn zài tiān xià wú zhǔ bǎi xìng liú lí shī suǒ dà gē hé bù chèn
被兀术俘虏了。现在天下无主，百姓流离失所，大哥何不趁
cǐ jiàn gōng lì yè yuè fēi dá dào xián dì bú bì zài shuō wǒ yuè fēi shēng shì sòng
此建功立业！"岳飞答道："贤弟，不必再说，我岳飞生是宋
cháo rén sǐ shì sòng cháo guǐ nǐ zòng yǒu lù jiǎ xiāo hé nà yàng de kǒu cái yě nán gǎi
朝人，死是宋朝鬼。你纵有陆贾、萧何那样的口才，也难改

biàn wǒ duì sòng cháo de
变我对宋朝的
zhōng chéng xián dì jì
忠诚。贤弟既
rán yǔ cháo tíng wéi dí
然与朝廷为敌，
zhù zài bì zhuāng kǒng
住在敝庄，恐
pà yǒu xiē bú biàn nǐ
怕有些不便。你
kuài jiāng lǐ wù shōu qǐ
快将礼物收起，
qù huí fù nǐ jiā zhǔ
去回复你家主
rén yǐ hòu qiān wàn bú
人，以后千万不
yào zài dǎ wǒ yuè fēi
要再打我岳飞

王佐拿出财宝，请岳飞加入杨幺的起义队伍，被岳飞拒绝

de zhǔ yi wáng zuǒ jiàn yuè fēi shuō de yì zhèng cí yán wàn bān wú nài zhǐ dé bǎ lǐ
的主意！”王佐见岳飞说得义正词严，万般无奈，只得把礼
wù shōu hǎo bài bié yuè fēi
物收好，拜别岳飞。

yuè fēi sòng zǒu le wáng zuǒ lái dào mǔ qīn fáng zhōng jiāng gāng cái wáng zuǒ quàn xiáng
岳飞送走了王佐，来到母亲房中，将刚才王佐劝降
yí shì shuō le yuè mǔ tīng hòu chén sī le yí huì er fēn fù yuè fēi nǐ qù zhōng táng
一事说了。岳母听后沉思了一会儿，吩咐岳飞：“你去中堂
bǎi hǎo xiāng àn děng wǒ chū lái wǒ yǒu huà gēn nǐ shuō yuè fēi dā ying yì shēng zǒu
摆好香案，等我出来，我有话跟你说。”岳飞答应一声，走
dào zhōng táng bān guò yì zhāng zhuō zi fàng zài zhōng jiān yòu qǔ chū yí fù zhú tái xiāng
到中堂，搬过一张桌子放在中间，又取出一副烛台、香
zhú yí gè xiāng lú bǎi fàng zhěng qí hòu qù qǐng mǔ qīn chū lái
烛、一个香炉，摆放整齐后，去请母亲出来。

yuè mǔ jiào yuè fēi bài guò tiān dì zǔ zōng hé zhōu dòng de líng wèi rán hòu fēn fù lǐ
岳母叫岳飞拜过天地祖宗和周侗的灵位，然后吩咐李

shì qǔ guò bǐ mò hé xiù huā zhēn mìng yuè fēi guì xià yuè mǔ shuō niáng jiàn nǐ bú shòu
氏取过笔墨和绣花针，命岳飞跪下。岳母说：“娘见你不受
pàn zéi de yòu huò gān shǒu qīng pín bù tān bú yì zhī cái hěn shì xīn wèi dàn pà wǒ
叛贼的诱惑，甘守清贫，不贪不义之财，很是欣慰。但怕我
sǐ zhī hòu yòu yǒu yì xiē bù xiào zhī tú lái yǐn yòu nǐ nǐ yì shí sàng shī lǐ zhì zuò
死之后，又有一些不肖之徒来引诱你，你一时丧失理智，做
chū bù zhōng bú xiào zhī shì jīn tiān wǒ jìng gào tiān dì zǔ zōng yào zài nǐ bèi shang cì
出不忠不孝之事。今天，我敬告天地祖宗，要在你背上刺
xià jīng zhōng bào guó sì gè zì yuàn nǐ zuò gè zhōng chén liú míng qīng shǐ bú fù wǒ
下‘精忠报国’四个字，愿你做个忠臣，留名青史，不负我
hé zhōu lǎo shī jiào yǎng nǐ yì huí yuè fēi tīng le guì zài dì shang tuì xià shàng yī
和周老师教养你一回。”岳飞听了，跪在地上，褪下上衣。
yuè mǔ xiān qǔ bǐ zài yuè fēi zhèng jǐ shang xiě xià jīng zhōng bào guó sì gè zì rán hòu
岳母先取笔在岳飞正脊上写下“精忠报国”四个字，然后

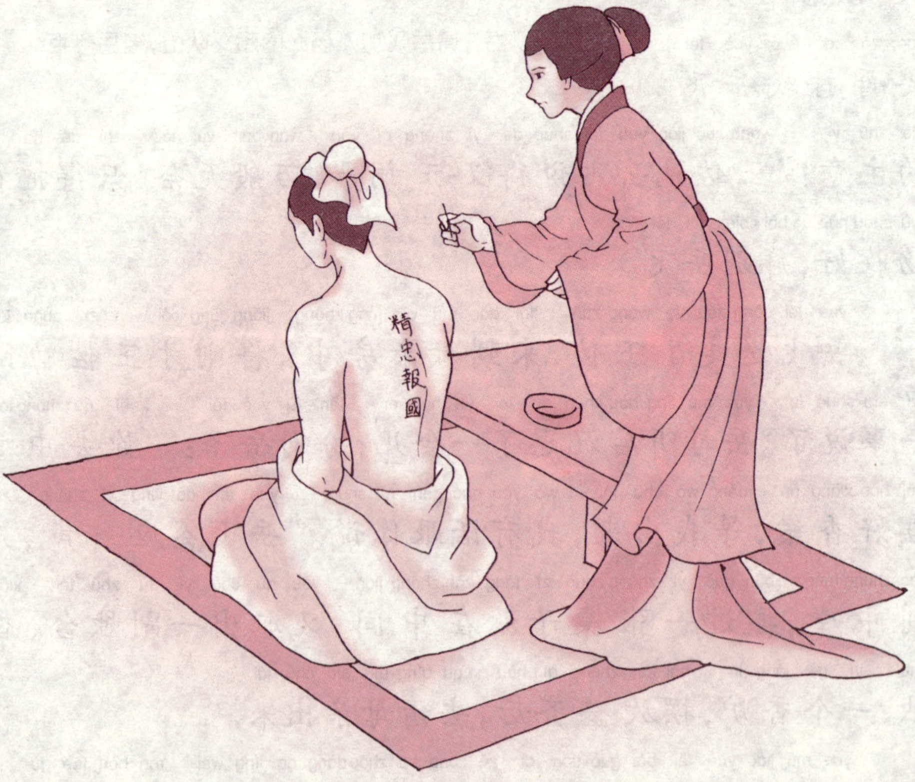


岳母在岳飞背上刺下“精忠报国”四个字

ná guò xiù huā zhēn zài tā bèi shang yì zhēn yì zhēn de cì měi cì yí xià yuè fēi jiù
拿过绣花针，在他背上一针一针地刺。每刺一下，岳飞就
tòng de yì sǒng yuè mǔ bù jīn liú xià lèi lái biān cì biān wèn wǒ ér tòng ma yuè
痛得一耸，岳母不禁流下泪来，边刺边问："我儿痛吗？"岳
fēi yǎo zhe yá zhǐ huí dá bú tòng yuè mǔ cì wán zì hòu jiāng cù mò tú zài shàng miàn yǐ
飞咬着牙只回答不痛。岳母刺完字后，将醋墨涂在上面，以
shǐ zì jì yǒng bú tuì sè yuè fēi zhàn qǐ lái chuān hǎo yī fu kòu xiè mǔ qīn de xùn jiè
使字迹永不褪色。岳飞站起来，穿好衣服，叩谢母亲的训诫
zhī ēn huí fáng ān xiē
之恩，回房安歇。

# 第十回 八盘山胜金兵

第二天，汤阴知县徐仁带着真圣旨来到岳飞家，将康王赵构在南京称帝，正召集人马收复失地，传旨要岳飞到朝廷为国效力的事讲了。岳飞心潮澎湃，终于等到杀敌报国的这一天了。徐仁叮嘱岳飞连夜收拾，明日动身，然后自己回县里准备粮草去了。第二天，岳飞辞别了母亲妻儿，怀着满腔的报国热情，直奔京城而去。

岳飞同徐仁到了京城，在午门外候旨，宋高宗立即召见他。高宗见岳飞体格健壮，仪表堂堂，举止沉稳，十分赏识，封他为总制，分配在张所营前效命。高宗又将

岳飞辞别了母亲妻儿，怀着满腔的报国热情，直奔京城而去

zì jǐ qīn shǒu huà de ā gǔ dǎ jí qí wǔ wèi wáng zǐ zhān hǎn wù zhú děng xiōng dì de
自己亲手画的阿骨打及其五位王子粘罕、兀术等兄弟的
huà xiàng qǔ chū lái yī yī gěi yuè fēi guò mù yào tā jì zhù chóu rén de mú yàng zhàn
画像，取出来一一给岳飞过目，要他记住仇人的模样，战
chǎng shang qiè wù fàng guò
场上切勿放过。

zhāng suǒ jiàn le yuè fēi yě lián lián kuā zàn dì èr tiān biàn jiào tā qù jiào chǎng tiāo
张所见了岳飞，也连连夸赞，第二天便叫他去校场挑
xuǎn rén mǎ chōng dāng xiān xíng bù duì yuè fēi dé lìng dào jiào chǎng tiāo xuǎn le bā bǎi míng
选人马，充当先行部队。岳飞得令，到校场挑选了八百名
jīng bīng zhuàng shì zhāng suǒ suì mìng yuè fēi shuài bīng zuò dì yī duì xiān xíng rán hòu zài diǎn
精兵壮士。张所遂命岳飞率兵，做第一队先行，然后再点
míng jiào shān dōng jié dù shǐ liú yù dài lǐng běn bù bīng mǎ zuò dì èr duì jiē yìng liú yù
名叫山东节度使刘豫带领本部兵马，做第二队接应，刘豫
yìng zhe tóu pí dā ying le
硬着头皮答应了。

dì èr tiān yuè fēi gēn suí zhāng suǒ rù cháo cí jià xún chéng zhǐ huī sòng lái jí
第二天，岳飞跟随张所入朝辞驾，巡城指挥送来急
bào shuō yǒu qiáng dào lái qiǎng yí fèng mén diǎn míng zhǐ xìng yào yuè fēi chū zhèn gāo zōng máng
报，说有强盗来抢仪凤门，点名指姓要岳飞出阵，高宗忙
mìng yuè fēi qián qù qín zéi yuè fēi lǐng zhǐ chū chéng zhǐ jiàn yíng miàn nà qún rén shǒu zhōng
命岳飞前去擒贼。岳飞领旨出城。只见迎面那群人，手中
ná de dōu shì chú tou tiě bà mù gùn děng luàn hōng hōng de rǎng chéng yí piàn zhèn qián yí
拿的都是锄头、铁耙、木棍等，乱哄哄地嚷成一片。阵前一
gè qí mǎ de dà hàn shǒu lǐn láng yá bàng yuè fēi zǐ xì yí kàn jìng rán shì zì jǐ de
个骑马的大汉，手拎狼牙棒，岳飞仔细一看，竟然是自己的
jié bài xiōng dì jí qīng yuán lái jí qīng wú xīn zài tài háng shān wéi zéi tīng shuō yuè fēi bèi
结拜兄弟吉青。原来吉青无心在太行山为贼，听说岳飞被
gāo zōng zhào dào jīng chéng shā dí tè lái tóu kào yuè fēi jiào jūn shì bǎ jí qīng bǎng le
高宗召到京城杀敌，特来投靠。岳飞叫军士把吉青绑了，
yì qǐ qù jiàn gāo zōng jí qīng jiàn le gāo zōng dà shēng jiào rǎng zì jǐ bú shì qiáng dào
一起去见高宗。吉青见了高宗，大声叫嚷自己不是强盗，
shì yuè fēi de yì dì shì wèi guó xiào lì ér lái de gāo zōng kàn jí qīng suī rán cū lǔ
是岳飞的义弟，是为国效力而来的。高宗看吉青虽然粗鲁，

dào yě pǔ shí wēi wǔ xīn xiǎng zhèng zhí yòng rén de shí hou bù rú liú tā lì gōng shú
倒也朴实威武，心想：正值用人的时候，不如留他立功赎
zuì yú shì chuán lìng fēng jí qīng zuò fù dū tǒng zài yuè fēi yíng qián xiào láo jí qīng jiāng dài
罪。于是传令封吉青做副都统，在岳飞营前效劳。吉青将带
lái de xiōng dì dōu biān rù hòu duì zì jǐ gēn suí yuè fēi běi shàng yíng dí
来的兄弟都编入后队，自己跟随岳飞北上迎敌。

zài shuō nà jīn wù zhú zài hé jiān fǔ tīng shuō kāng wáng zài nán jīng chēng dì jí bīng
再说那金兀术在河间府听说康王在南京称帝，集兵
kàng jīn dùn shí dà nù lì jí pài yuán shuài jīn yá hū yín yá hū gè shuài wǔ qiān jīng bīng
抗金，顿时大怒，立即派元帅金牙忽、银牙忽各率五千精兵
zuò wéi xiān fēng xiān xíng yí bù qián qù jí gōng yòu qǐng gē ge zhān hǎn yuán shuài tóng xiān
作为先锋，先行一步，前去急攻，又请哥哥粘罕、元帅铜先
wén láng lǐng bīng shí wàn shā xiàng nán jīng gāo zōng tīng shuō wù zhú shuài bīng nán gōng huāng de
文郎，领兵十万，杀向南京。高宗听说兀术率兵南攻，慌得
lì jí qiān dū jiàn kāng jīn nán jīng
立即迁都建康（今南京）。

yuè fēi shuài lǐng bù duì jìn rù bā pán shān jiàn shān shì dǒu qiào xiǎn yào yì shǒu nán
岳飞率领部队进入八盘山，见山势陡峭险要，易守难
gōng biàn fēn fù zài zhè er ān yíng zhā zhài zhè shí tàn zi lái bào jīn bīng de xiān fēng bù
攻，便吩咐在这儿安营扎寨。这时探子来报，金兵的先锋部
duì yǐ xiāng jù bù yuǎn yuè fēi lián máng mìng jí qīng qián qù yòu dí rù shān jí qīng lǐng
队已相距不远。岳飞连忙命吉青前去诱敌入山。吉青领
mìng dài lǐng wǔ shí gè
命，带领五十个
jiàng shì qù le yuè fēi zì
将士去了。岳飞自
jǐ zé shuài lǐng jiàng shì zhǔn
己则率领将士准
bèi qiáng gōng jìn nǔ mái
备强弓劲弩，埋
fú zài liǎng biān
伏在两边。

岳飞得到消息，金兵就在八盘山前面不远处

jīn yá hū yín yá
金牙忽、银牙

hū yě zài bā pán shān bù yuǎn
忽也在八盘山不远
chù zhā le yíng jiàn sòng yíng li
处扎了营，见宋营里
jǐn jǐ shí rén qián lái tiǎo zhàn
仅几十人前来挑战，
èr rén biàn bú xiè de hā hā
二人便不屑地哈哈
dà xiào jí qīng dà nù chōng
大笑。吉青大怒，冲
jìn jīn yíng lūn qǐ láng yá bàng
进金营，抡起狼牙棒

金牙忽、银牙忽见宋营里仅几十人前来挑战，二人哈哈大笑

zhào tóu biàn dǎ jīn yá hū jǔ qǐ dà fǔ zhāo jià yín yá hū jiàn zhuàng yě lái zhù zhàn
照头便打，金牙忽举起大斧招架，银牙忽见状，也来助战。
lián zhàn bú dào sān gè huí hé jí qīng yī zhe yuè fēi de zhǔ fù xū huǎng yí bàng huí mǎ
连战不到三个回合，吉青依着岳飞的嘱咐虚晃一棒，回马
jiù pǎo jīn yá hū yín yá hū bù zhī shì jì shuài jūn yáng biān biàn zhuī jí qīng cuī mǎ
就跑。金牙忽、银牙忽不知是计，率军扬鞭便追。吉青催马
jìn le bā pán shān jīn bīng yě jǐn suí qí hòu kàn zhe jīn bīng dà bàn rù le gǔ kǒu yuè
进了八盘山，金兵也紧随其后。看着金兵大半入了谷口，岳
fēi zhǐ huī dōng xī liǎng shān mái fú de jūn shì yì qí fā jiàn zhǐ jiàn jīn yíng zhōng bīng huāng
飞指挥东西两山埋伏的军士一齐发箭，只见金营中兵慌
mǎ luàn āi háo yí piàn shǒu wěi bù néng xiāng gù jīn yá hū jiàn zhòng le mái fú huí mǎ
马乱，哀号一片，首尾不能相顾。金牙忽见中了埋伏，回马
biàn yào xún lù táo zǒu hū rán tīng jiàn yì shēng dà hè fān zéi nǎ lǐ zǒu yuè fēi zài
便要寻路逃走，忽然听见一声大喝："番贼哪里走，岳飞在
cǐ děng hòu duō shí yì yuán měng jiàng chōng guò lái zhǐ jiàn yuè fēi shǒu jǔ lì quán qiāng
此等候多时！"一员猛将冲过来，只见岳飞手举沥泉枪，
zòng mǎ chōng guò lái jié zhù tā sī shā yín yá hū zhèng yào qù bāng máng jí qīng qià hǎo
纵马冲过来，截住他厮杀。银牙忽正要去帮忙，吉青恰好
huí mǎ zhuǎn shēn lán zhù zhè shí liǎng jūn nà hǎn zhe shān gǔ huí shēng jiù xiàng léi míng yì
回马，转身拦住。这时两军呐喊着，山谷回声就像雷鸣一
bān sì hū yǒu qiān jūn wàn mǎ jīn yá hū biàn bié bù chū yǒu duō shǎo rén mǎ xīn li yì
般，似乎有千军万马。金牙忽辨别不出有多少人马，心里一

huāng shǒu zhōng de dāo lüè wēi sōng le bèi yuè fēi yì qiāng cì zhōng xīn wō fān shēn luò
慌,手中的刀略微松了,被岳飞一枪刺中心窝,翻身落
mǎ yín yá hū kàn jiàn le dà chī yì jīng lüè yì fēn shén yě bèi jí qīng huī bàng dǎ
马。银牙忽看见了,大吃一惊,略一分神,也被吉青挥棒打
suì le tiān líng gài bā bǎi jiàng shì yí tóng shàng zhèn jīn bīng dà bài
碎了天灵盖。八百将士一同上阵,金兵大败。

zhè yí zhàng sòng jūn shā sǐ le sān qiān duō jīn bīng duó qǔ le bù shǎo qí gǔ
这一仗,宋军杀死了三千多金兵,夺取了不少旗鼓、
mǎ pǐ bīng qì děng zhàn lì pǐn yuè fēi mìng jí qīng bǎ zhè xiē dōng xi dōu yā sòng dào èr
马匹、兵器等战利品。岳飞命吉青把这些东西都押送到二
duì liú yù yíng zhài zhuǎn sòng dà yíng bào gōng zì jǐ shuài lǐng rén mǎ jì xù zhuī jiǎo táo
队刘豫营寨,转送大营报功,自己率领人马继续追剿逃
cuàn de jīn bīng cán bù yì zhí zhuī dào qīng lóng shān xià liú yù jiàn yuè fēi lì le gōng
窜的金兵残部,一直追到青龙山下。刘豫见岳飞立了功,
xīn shēng jí dù xīn xiǎng zhè yuè fēi zhēn shì lì hai shǒu cì chū zhàn jiù dà jié tā
心生嫉妒,心想:这岳飞真是厉害!首次出战就大捷,他
fán shì dōu xū jīng wǒ cái néng shàng bào zhè gōng láo bù rú xiān suàn zài wǒ shēn shang fǎn
凡事都须经我才能上报,这功劳不如先算在我身上,反
zhèng shàng miàn yí dìng shì bù chá de yú shì tā xiě hǎo bào gōng wén shū pài qí pái guān
正上面一定是不查的。于是,他写好报功文书,派棋牌官
sòng wǎng dà yíng qǐng shǎng
送往大营请赏。

yuán shuài zhāng suǒ jiàn dào liú yù de bào gōng wén shū xīn xǐ wàn fēn zhuǎn niàn yì
元帅张所见到刘豫的报功文书,欣喜万分,转念一
xiǎng xiān xíng yuè fēi méi yǒu zhàn bào hòu duì liú yù zěn me huì xiān yǒu zhàn gōng ne tǎng
想:先行岳飞没有战报,后队刘豫怎么会先有战功呢?倘
ruò tā zhēn de mào gōng lǐng shǎng chuán chū qù qǐ bú yào lìng tiān xià yīng xióng shī wàng yǐ
若他真的冒功领赏,传出去岂不要令天下英雄失望?以
hòu hái yǒu shéi gǎn wèi guó xiào zhōng ne zhōng jūn hú xiān kàn chū zhāng suǒ de xīn si qiāo
后还有谁敢为国效忠呢?中军胡先看出张所的心思,悄
qiāo shuō liú yù dǎ zhàng xiàng lái wèi wèi suō suō xiàn zài dé le tóu gōng shí zài nán
悄说:“刘豫打仗向来畏畏缩缩,现在得了头功,实在难
yǐ zhì xìn kǒng pà yǒu xián yí xiǎo guān yuàn jiǎ bàn shòu yī qián wǎng dǎ tàn xiāo xi
以置信,恐怕有嫌疑,小官愿假扮兽医,前往打探消息。”

胡先爬到一棵大树，看见岳飞正在扎营布阵

zhāng suǒ tīng le lì jí pài tā qián qù
张所听了立即派他前去。

huáng hūn shí hú xiān jiǎ bàn chéng shòu yī hùn guò le liú yù de yíng zhài lái dào
黄昏时，胡先假扮成兽医，混过了刘豫的营寨，来到
qīng lóng shān hú xiān zǒu dào shān dǐng kàn jiàn yì kē dà shù biàn pá shàng shù qù zhǐ jiàn
青龙山。胡先走到山顶，看见一棵大树，便爬上树去，只见
yuè fēi zhèng zài shān xià zhā yíng bù zhèn bù yuǎn chù màn shān biàn yě jìn shì jīn bīng hú
岳飞正在山下扎营布阵，不远处，漫山遍野尽是金兵。胡
xiān biàn bào zhe shù gàn jìng jìng guān wàng
先便抱着树干，静静观望。

# 第十一回 青龙山破金兵

却说岳飞率部追到青龙山下，见这儿比八盘山还险峻：左边山陡路狭，只有一条夹山道直通山后大路，右边是一个山涧水口，水势湍急，于是吩咐扎下营寨。岳飞看过地形后，一边筹划策略，一边命吉青火速去大营中命人送来口袋四百个、火药一百担、挠钩二百杆、火箭火炮等物备用。岳飞准备在这儿布下天罗地网，到时诱敌上钩。

吉青送来备用物品后，岳飞一边设置水陆机关，一边吩咐吉青：“你亲率二百人马，埋伏在大山后，擒拿企图逃走的金兵。如果遇到一个面如黄土、黄

在岳飞的指挥下，宋军正在涧口设置机关

骠马坐骑、使流星锤的，就是粘罕，一定不能放过。”吉青得令而去。岳飞自己则带着二百名士兵，在山顶摇旗呐喊，专等金兵来抢山。

再说粘罕带了十万大军气势磅礴向建康进发，路上遇到前队战败的金兵来报告：“有个岳南蛮和一个吉南蛮，杀了两个元帅，五千兵马丢了一大半，伤者不计其数。”粘罕听了大怒，催促兵马加快速度。到了青龙山下，有探军来报前面山上有宋兵在那儿扎营。粘罕见天色已晚，且因一路急行，兵马筋疲力尽，不宜出战，于是下令安营扎寨，准备明天一早再去抢山。

岳飞在山上看见粘罕扎营休息，想趁他人困马乏，引他们入山，杀个猝不及防。这时，接应的二队刘豫还没有到达，张所的大部队也还相距甚远。岳飞想了想，便叫将士守住山头，一个人单枪匹马，闯下山来，直入金营。那些金兵跑了一天的路，早已疲惫不堪，哪经得起猛虎下山一样的岳飞横挑竖刺，顿时金营中人仰马翻。那些腿快的直奔粘罕的大帐去报告了。粘罕自领兵打仗以来，还没有遇到

第十一回

岳飞传

青龙山破金兵

岳飞一人冲进金营，杀得金兵尸横遍地，血流成河

过敌手，见岳飞居然敢单骑闯营，顿时怒发冲冠，抡起流星锤，率领众元帅、平章、将校一拥而上，将岳飞团团围住。岳飞根本不把他们放在眼里，一鼓作气，越杀越勇，杀得金兵丢盔弃甲，尸横遍地，这一下把粘罕激得恼羞成怒。岳飞见粘罕脸色由红变紫，由紫变青，知道已经激怒他了，立刻两腿把马一夹，返身突出重围。粘罕怒吼道：“一个南蛮都拿不住，怎么踏平中原？今天定要踏平这山，方泄我恨！”于是命令平章、元帅等拔营，带领十万人马立刻进攻青龙山。再说这胡先在树上见岳飞从金营奔回，十万金兵吹着胡笳，敲着驼鼓，像潮水一样铺天盖地地涌上来，心想：这下完了，不单他没了命，连我也难保了。

金兵大半已进入了铺着枯草的山前，忽然一声炮响，两边埋伏的将士将火箭火炮射出来，落在枯草上，枯草着

qǐ huǒ lái yǐn bào le huǒ yào shà shí liè yàn téng kōng yān wù liáo rào shāo de nà xiē
起火来，引爆了火药。霎时，烈焰腾空，烟雾缭绕，烧得那些
jīn bīng xuè ròu héng fēi rén zhuàng mǎ mǎ tà rén lián sǐ dài shāng yí dà piàn zhòng rén
金兵血肉横飞，人撞马，马踏人，连死带伤一大片。众人
bǎo zhù zhān hǎn cóng xiǎo lù táo zǒu jiàn qián miàn yǒu tiáo shān jiàn zhǐ yǒu sān chǐ lái shēn jí
保住粘罕从小路逃走，见前面有条山涧，只有三尺来深，急
xià lìng wǎng hé biān chè bīng nà xiē cóng dà huǒ li táo chū lái de jīn bīng cǐ shí dōu yǐ shì
下令往河边撤兵。那些从大火里逃出来的金兵此时都已是
quē méi shǎo xū kǒu gān shé zào le dà jiā zhēng xiān kǒng hòu wǎng jiàn biān qiǎng bēn qǐng kè
缺眉少须、口干舌燥了，大家争先恐后往涧边抢奔，顷刻
jiān jiù zhàn mǎn le shān jiàn shān jiàn shang de sòng bīng jiàn zhuàng lì kè bān kāi shā dài shān
间就站满了山涧。山涧上的宋兵见状，立刻搬开沙袋。山
jiàn li de jīn bīng hū tīng jiàn yì shēng jù xiǎng yóu rú bàn kōng tā xià lái yì tiáo tiān hé
涧里的金兵忽听见一声巨响，犹如半空塌下来一条天河，
nà shuǐ kuáng bēn ér xià chōng de rén yǎng mǎ fān shǎo shù duǒ de kuài de jīn bīng xùn sù
那水狂奔而下，冲得人仰马翻。少数躲得快的金兵，迅速
xiàng gǔ kǒu táo shēng
向谷口逃生。

tóng xiān wén láng miǎn qiǎng shōu jí le yì xiē cán bīng bài jiàng hù zhe zhān hǎn xún zhǎo tuì
铜先文郎勉强收集了一些残兵败将，护着粘罕寻找退

大火烧得金兵乱了阵脚

lù dào gǔ kǒu zhǐ jiàn yí zuò shān fēng dǎng zhù qù lù qián wú qù lù hòu yǒu zhuī bīng
路，到谷口只见一座山峰挡住去路。前无去路，后有追兵，
zhān hǎn jí de dà jiào wǒ děng xìng mìng bù bǎo le zhè shí yǒu yí gè fān jiàng jiàn qián
粘罕急得大叫：“我等性命不保了！”这时有一个番将见前
miàn zuǒ biān yǒu yì tiáo xiǎo dào lì jí bào gào zhān hǎn zhān hǎn yǐ jīng huāng bù zé lù
面左边有一条小道，立即报告粘罕，粘罕已经慌不择路，
shuài lǐng jiàng shì gǎn jǐn wǎng jiā shān dào chōng qù mái fú zài jiā shān dào de sòng jūn jiàn tā
率领将士赶紧往夹山道冲去。埋伏在夹山道的宋军见他
men lái le bān qǐ shí tou jiù wǎng xià zá bǎ nà xiē cán bīng bài jiàng dǎ de shǒu shé jiǎo
们来了，搬起石头就往下砸，把那些残兵败将打得手折脚
duàn tóu pò xuè liú bù yí huì er jiā shān dào li biàn héng shī mǎn dì
断、头破血流。不一会儿，夹山道里便横尸满地。

jīn bīng sǐ de sǐ shāng de shāng luàn chéng yí piàn tóng xiān wén láng hù zhe zhān
金兵死的死，伤的伤，乱成一片。铜先文郎护着粘
hǎn pīn mìng táo chū jiā shān dào qián miàn què shì yì tiáo kuān kuò de dà lù zhè shí yǐ shì
罕，拼命逃出夹山道，前面却是一条宽阔的大路。这时已是
wǔ gēng shí fēn zhān hǎn jiàn zhōu wéi kōng kuàng wú rén bù jué hā hā dà xiào tóng xiān wén
五更时分，粘罕见周围空旷无人，不觉哈哈大笑。铜先文
láng máng wèn yuán gù zhān hǎn shuō nà yuè nán mán dào dǐ bú huì yòng bīng rú guǒ zài cǐ
郎忙问缘故。粘罕说：“那岳南蛮到底不会用兵，如果在此
chù mái fú yí duì rén mǎ wǒ men biàn chā chì nán táo le huà yīn wèi luò zhǐ tīng jiàn
处埋伏一队人马，我们便插翅难逃了。”话音未落，只听见
yì shēng pào xiǎng dà lù duì miàn tū rán chū xiàn xǔ duō dēng guāng huǒ bǎ huǒ guāng zhōng
一声炮响，大路对面突然出现许多灯光火把。火光中，
yì yuán dà jiàng shǒu wǔ láng yá bàng gāo shēng jiào dào jí qīng zài cǐ kuài kuài xià mǎ shòu
一员大将手舞狼牙棒，高声叫道：“吉青在此，快快下马受
sǐ zhān hǎn xiǎng bú dào yuè fēi bù zhì rú cǐ yán mì dà jīng shī sè duì tóng xiān wén
死！”粘罕想不到岳飞布置如此严密，大惊失色，对铜先文
láng shuō yuè nán mán guǒ rán míng bù xū chuán jīn tiān wǒ bì sǐ wú yí shuō wán tòng
郎说：“岳南蛮果然名不虚传，今天我必死无疑！”说完，痛
kū liú tì tóng xiān wén láng xiǎng le xiǎng shuō chén yuàn yǔ láng zhǔ huàn le yī jiǎ zhàn
哭流涕。铜先文郎想了想，说：“臣愿与狼主换了衣甲战
mǎ jí nán mán bì rèn dìng chén shì láng zhǔ láng zhǔ kě yǐ chèng jī tuō táo zhān hǎn
马，吉南蛮必认定臣是狼主，狼主可以乘机脱逃。”粘罕

粘罕趁乱杀出重围，夺路逃去

shuō nán wéi nǐ le biàn jí máng hé tóng xiān wén láng hù huàn le yī jiǎ zhàn mǎ jí bīng
说："难为你了！"便急忙和铜先文郎互换了衣甲、战马及兵
qì ér jí qīng zhǐ láo láo jì zhù le zhān hǎn de yī zhuó bīng qì bìng bú rèn de zhān hǎn
器。而吉青只牢牢记住了粘罕的衣着兵器，并不认得粘罕，
tā zài huǒ guāng zhōng kàn jiàn tóng xiān wén láng nà shēn dǎ ban yǐ wéi shì zhān hǎn duì zhǔn tóng
他在火光中看见铜先文郎那身打扮，以为是粘罕，对准铜
xiān wén láng jǔ bàng jiù dǎ páng biān de zhān hǎn jiàn jí qīng bǎ tóng xiān wén láng rèn zuò zì
先文郎举棒就打。旁边的粘罕见吉青把铜先文郎认作自
jǐ jiù dài lǐng cán bīng chèn luàn pīn mìng shā chū chóng wéi duó lù táo zǒu tóng xiān wén láng
己，就带领残兵，趁乱拼命杀出重围，夺路逃走。铜先文郎
tí chuí zhāo jià zhàn bú dào jǐ gè huí hé jiù bèi jí qīng huó zhuō le jí qīng yòu zhuī gǎn
提捶招架，战不到几个回合，就被吉青活捉了。吉青又追赶
le yì chéng shā le xiē jīn bīng biàn fǎn huí lái bǎng le tóng xiān wén láng huí qù bào gōng
了一程，杀了些金兵便返回来，绑了铜先文郎回去报功。

# 第十二回 邦昌陷害忠良

吉青押解着铜先文郎回营，岳飞一看大怒，让人把吉青绑出去砍了。吉青大声叫冤，于是岳飞问铜先文郎：“你是何人，敢假冒粘罕？”铜先文郎一惊，心想：这岳飞果然厉害，便说了实话：“我是金国大元帅铜先文郎。”吉青这才知道捉的是假粘罕，连忙向岳飞请罪。岳飞念他是初犯，松了他的绑，叫他押解铜先文郎去大营报功。

岳飞问铜先文郎是何人

谁知吉青押解着铜先文郎经过刘豫营前时，刘豫看到了便想抢功，就哄骗吉青留下了铜先文郎，然后将改写好的冒功文书派人送往元帅大营，给自己报功。那胡先回去后，将看到的一切跟张所元帅说了。因此，张所看过文书后拍案大怒，要将刘豫捉来治罪。两淮节度合曹荣是刘豫儿子的丈人，一听要抓刘豫，忙溜出帐外，派人给刘豫通风报信。刘豫听了密报，便和心腹决定降金，暗中将铜先文郎放了，并随他一道逃到了金营。

张所得知刘豫叛宋降金，勃然大怒，安排各节度使坚守黄河，自己带着兵马前往汴梁。自从宋军南退、金兵北撤以后，汴梁变成了只有曹太后和少数臣子留守的空城。张邦昌听说张所率领大军来收复汴梁，惊恐万分。他来到宫殿面见太后，猛然想起一条妙计，骗取了传国玉玺，连夜逃出汴梁，到建康去投奔高宗了。张所领兵到了汴梁后，守城士兵打开城门，汴梁的百姓都夹道欢迎。

张邦昌到了建康，上朝拜见高宗，献上玉玺。高宗念他献玺有功，不但赦免了他，还封他为右丞相。为了巴结皇上，安插内线，张邦昌把自己身边一个颇有姿色，叫

张邦昌把自己身边一个叫荷香的漂亮侍女送给了高宗

荷香的侍女送给了高宗。高宗满心欢喜的接受了。第二天，张邦昌建议高宗提升岳飞为元帅。高宗一时高兴，立即答应。

太师李纲觉得张邦昌定设诡计，便把自己的亲信张保派到了岳飞身边。张邦昌领了高宗召见岳飞的旨意后，并不办理。过了几天，张邦昌上奏高宗："因金兵犯界，岳飞不肯应诏。"高宗整日与荷香厮混，无暇理政，听说岳飞不来，也不放在心上。后来，张邦昌又私拟了一道诏

shū zhào yuè fēi lái jiàn kāng jiàn jià cǐ shí de yuè fēi zhèng jù shǒu zài huáng hé àn biān
书，召岳飞来建康见驾。此时的岳飞正据守在黄河岸边，
yì jiē dào zhào shū lì kè bǎ yíng zhōng gè shì jiāo jiē gěi jí qīng rán hòu yǔ zhāng bǎo gǎn
一接到诏书，立刻把营中各事交接给吉青，然后与张保赶
wǎng jiàn kāng
往建康。

lù shang yuè fēi yù dào le qián lái tóu bèn zì jǐ de wáng héng sān rén yì qǐ bèn
路上，岳飞遇到了前来投奔自己的王横，三人一起奔
wǎng jiàn kāng dàng rì bàng wǎn sān rén biàn dào le jīng chéng zài chéng mén kǒu yù jiàn le zhāng
往建康。当日傍晚，三人便到了京城，在城门口遇见了张
bāng chāng zhāng bāng chāng lā zhù yuè fēi wèn cháng wèn duǎn jiǎ zhuāng hěn qīn jìn yào dài yuè
邦昌。张邦昌拉住岳飞问长问短，假装很亲近，要带岳
fēi yì qǐ qù cháo jiàn gāo zōng yuè fēi biàn jiào zhāng bǎo wáng héng zài gōng mén wài děng hòu
飞一起去朝见高宗。岳飞便叫张保、王横在宫门外等候，
zì jǐ suí zhe zhāng bāng chāng jìn le gōng mén dào le fēn gōng lóu qián zhāng bāng chāng shuō
自己随着张邦昌进了宫门。到了分宫楼前，张邦昌说：
jiāng jūn zài cǐ děng hòu wǒ qù shàng zòu tiān zǐ yuè fēi bù zhī shì jì yí gè rén
“将军在此等候，我去上奏天子。”岳飞不知是计，一个人
zhàn zài fēn gōng lóu qián
站在分宫楼前。

zhāng bāng chāng chū le fēn gōng lóu pài xiǎo tài jiān tōng zhī hé xiāng hé xiāng cǐ shí
张邦昌出了分宫楼，派小太监通知荷香。荷香此时
zhèng péi zhe gāo zōng yǐn jiǔ zuò lè xiǎo tài jiān jiāng zhāng bāng chāng de huà qiāo qiāo chuán gěi
正陪着高宗饮酒作乐，小太监将张邦昌的话悄悄传给
tā tā tīng hòu biàn sā jiāo yào qù gōng wài shǎng yuè gāo zōng yǐ yǒu jǐ fēn zuì yì lián
她，她听后便撒娇要去宫外赏月。高宗已有几分醉意，连
máng fēn fù yí jià qù fēn gōng lóu yuè fēi zài fēn gōng lóu qián děng le xǔ jiǔ réng bù jiàn
忙吩咐移驾去分宫楼。岳飞在分宫楼前等了许久，仍不见
zhāng bāng chāng de rén yǐng zhǐ jiàn bù yuǎn chù lái le yì pái gōng dēng yuè fēi zǐ xì yí
张邦昌的人影，只见不远处来了一排宫灯。岳飞仔细一
kàn guǒ rán shì gāo zōng lái le lián máng shàng qián kòu bài shuō dào yuè fēi jiē jià
看，果然是高宗来了，连忙上前叩拜，说道：“岳飞接驾。”
nèi jiān què tū rán dà hǎn yǒu cì kè liǎng páng shì wèi lì kè shàng lái bǎ yuè fēi wéi
内监却突然大喊：“有刺客！”两旁侍卫立刻上来把岳飞围

zhù bǎng le
住绑了。

gāo zōng huí dào hòu gōng wèn nèi jiān gāng cái de cì kè shì shén me rén nèi jiān shuō shì yuè fēi xíng cì hé xiāng chéng jī shuō qián cì xuān tā jìn jīng tā wéi zhǐ tuō cí bù lái jīn rì wú gù jìn jīng jìng rù shēn gōng kěn dìng shì bāo cáng huò xīn shèng shàng gāi jiāng tā zhǎn le yǐ zhèng guó fǎ gāo zōng dāng shí làn zuì rú ní jìng rán chuán zhǐ jiāng yuè fēi zhǎn shǒu shì wèi lǐng zhǐ jiāng yuè fēi bǎng chū wǔ mén
高宗回到后宫，问内监刚才的刺客是什么人。内监说是岳飞行刺。荷香乘机说："前次宣他进京，他违旨托辞不来，今日无故进京，径入深宫，肯定是包藏祸心。圣上该将他斩了，以正国法！"高宗当时烂醉如泥，竟然传旨将岳飞斩首。侍卫领旨，将岳飞绑出午门。

zhāng bǎo wáng héng jiàn le dà jīng shī sè máng wèn yuè fēi yuè yé zhè shì zěn me huí shì yuè fēi shuō lián wǒ yě bù zhī dào zhāng bǎo jiàn shì qing bú miào jiào wáng héng shǒu zhù yuè fēi bù xǔ shì wèi dòng shǒu zì jǐ tí le hùn tiě gùn kuáng bēn dào tài shī fǔ lái bu jí jiào mén yí gùn dǎ kāi dà mén chōng jìn qù zhí chuǎng lǐ gāng de shū fáng lā qǐ tài shī bēi zhe tā jiù pǎo
张保、王横见了，大惊失色，忙问岳飞："岳爷，这是怎么回事？"岳飞说："连我也不知道！"张保见事情不妙，叫王横守住岳飞，不许侍卫动手，自己提了混铁棍狂奔到太师府，来不及叫门，一棍打开大门冲进去，直闯李纲的书房，拉起太师，背着他就跑。

宫官领旨将岳飞绑出午门，张保、王横见了忙问怎么回事

李纲被张保背起飞跑，颠得头晕眼花，奔到午门，张保放下李纲。李纲见岳飞被五花大绑的跪在地上，猛然清醒，忙问："你什么时候来的？"岳飞忙将自己奉诏前来，被张邦昌带至分宫楼下等待，天子驾到，自己被当成刺客的事细说了一遍，求李纲替他做主，洗刷冤情。李纲听后，便叫侍卫刀下留人，立即带着张保赶奔东华门，想去鸣钟撞鼓，替岳飞鸣冤。张邦昌猜到李纲要到高宗那儿替岳飞喊冤，担心自己的奸计被戳穿，暗地里在东华门放了一块钉板，想置李纲于死地。李纲、张保到了东华门，果然李纲一个不注意，一脚踏在钉板上，痛得大叫一声，倒在地上。张保见了忙去鸣钟击鼓，大喊："太师爷滚钉板了！"大臣们闻声，连忙前来相救。

值夜的

李纲不提防，果然一脚踏在钉板上

内监见状，慌忙进宫来通报高宗：“众大臣齐集午门，李太师滚钉板了，生命垂危。请圣上立即升殿！”荷香劝说道：“深更半夜，圣上明早上朝处理也不迟啊。”高宗此时已经清醒了许多，听说李纲踏了钉板，宫外人声嘈杂，钟鼓齐鸣，知道不亲自前去不行，就甩开荷香，走出宫来。高宗见李纲浑身是血，立即宣太医医治。李纲伏在殿阶奏道：“岳飞是武官，臣听说私自入京，谋刺皇上，此事必定有主使，应先入狱。待臣病好后审讯岳飞，查明此事，再问罪不迟。请圣上先收回斩岳飞的旨意。”高宗醉意渐消，也觉得奇怪，便准了李纲的奏禀，传旨将岳飞关入大牢。众大臣护送李纲回府，张保、王横也牵马随在轿后，一起回到太师府。

# 第十三回 六兄弟闹京城

李纲回府后，想到一个妙计，于是写了一张冤单，说明张邦昌陷害岳飞的来龙去脉，命人刻成印板，印了几千张，又让张保和王横两人分头去贴。一时街头巷尾贴满了张邦昌陷害岳飞的冤单，全城的老百姓都围着看，没有一个人不唾骂奸臣张邦昌的。

这消息不胫而走，一直传到太行山。太行山中有八位聚义的好汉，领头大哥正是牛皋，其次是施全、周青、王贵、张显、汤怀等人，他们都是岳飞的结拜兄弟。这一天正好是牛皋的生日，大家备了贺礼来祝寿，

全城百姓围看冤单

在寿堂内一边等待宾客一边闲聊。到了中午的时候，汤怀独自走出寿堂去溜达。山寨里请来了个戏班，准备为牛皋祝寿。汤怀刚刚走到戏房门口，听见里面有人说：“张邦昌陷害岳飞。”他一惊，急忙推门进去问道：“谁陷害岳飞？”戏班子的人忙把那张冤单拿给汤怀看。汤怀接过冤单，看了看，转身向寿堂跑去，刚进寿堂便喊道：“牛兄弟，岳大哥被人陷害了！”牛皋问：“你怎么知道的？”汤怀便将冤单上的内容念给大家听。牛皋听了，咬牙切齿，生日也不过了，立即传令聚集兵马八万人，奔杀京城去营救岳飞。

太行山八万人马一路无人拦阻，长驱直入，直达建康，在离凤台门不远的地方安营扎寨。凤台门的守城官慌忙奏报高宗。高宗听了，吓得面如黄土，

牛皋率领太行山八万兵马大闹凤台门

问："谁愿意去击退贼兵？"后军都督张俊主动请求出征，带了三千人马出城迎敌，在凤台门摆开阵势。牛皋等见城内出来一支人马，一齐走上前。汤怀对张俊说："我们不是反贼，你进去把我们岳大哥送出来，便饶你性命。如若不然，我们就攻进建康，杀个片甲不留！"张俊根本不把这些人放在眼里，回答道："怪不得岳飞要反叛，原来有你们这帮强盗的支持，想必是要内外勾结。我今天奉旨，特来捉拿你们这班反贼！"众人见他含血喷人，气得大发雷霆。牛皋大喊一声，舞动双锏，打马上前，直奔张俊。张俊抡刀招架着。牛皋一心要救岳飞，愈战愈勇。那张俊不是牛皋的对手，战不到几个回合，掉转马头就往城里逃。牛皋正要追进去，被汤怀叫住："让他回去，倘若我们紧追不舍，小心他回去在里面伤了岳大哥的性命。"牛皋听

派去平乱的张俊被牛皋打败了，狼狈地逃了回来

cǐ biàn diào zhuǎn mǎ tóu mìng lìng zhòng rén huí yíng fáng xiū xi
此，便掉转马头，命令众人回营房休息。

zhāng jùn táo huí wǔ mén hòu shàng diàn xiàng huáng dì zòu dào qiáng dào dōu shì yuè fēi
张俊逃回午门后，上殿向皇帝奏道："强盗都是岳飞
de péng yǒu chén qǐng xiān zhǎn le yuè fēi yǐ miè miè tā men xiāo zhāng de qì yàn gāo zōng
的朋友，臣请先斩了岳飞，以灭灭他们嚣张的气焰。"高宗
yóu yù bù jué lǐ gāng zōng zé lián máng chū miàn zǔ lán lǐ gāng zòu dào chén děng bǎo
犹豫不决，李纲、宗泽连忙出面阻拦，李纲奏道："臣等保
jǔ yuè fēi tuì dí xiān bǎo zhù gōng tíng de ān quán zhāng bāng chāng dān xīn zì jǐ de jiān
举岳飞退敌，先保住宫廷的安全。"张邦昌担心自己的奸
jì bèi chuō chuān jí máng zòu dào dū dū zhāng jùn shuō zhè huǒ qiáng dào shì yuè fēi de péng
计被戳穿，急忙奏道："都督张俊说这伙强盗是岳飞的朋
yǒu xiàn zài nǐ men jiàn yì pài yuè fēi qù tuì zéi qǐ bú zhòng le tā men de jiān jì
友，现在你们建议派岳飞去退贼，岂不中了他们的奸计？"
lǐ gāng zōng zé yì tóng zòu dào chén děng qíng yuàn bǎo jǔ yuè fēi rú yǒu chā cuò kě jiāng
李纲、宗泽一同奏道："臣等情愿保举岳飞，如有差错，可将
chén mǎn mén chāo zhǎn gāo zōng zhǔn zòu xuān zhǐ yuè fēi shàng diàn yuè fēi lǐng zhǐ chū chéng
臣满门抄斩！"高宗准奏，宣旨岳飞上殿。岳飞领旨出城
tuì dí gāng yào xià diàn lǐ gāng hè dào yuè fēi shèng shàng kàn zhòng nǐ shì gè wén wǔ
退敌，刚要下殿，李纲喝道："岳飞，圣上看中你是个文武
quán cái mìng nǐ shǒu zhe huáng hé nǐ jìng gǎn shàn zì jìn gōng xíng cì huáng shang zhè shì
全才，命你守着黄河。你竟敢擅自进宫，行刺皇上！这事
guān xì guó jiā xìng wáng lí mín bǎi xìng zhōng jiān zhēn wěi nǐ hái bù jiāng xíng cì yí shì
关系国家兴亡，黎民百姓，忠奸真伪，你还不将行刺一事
shuō qīng chǔ yuè fēi shuō zuì jiàng shì fèng zhǐ zhào jiàn shèng zhǐ xiàn zài hái gòng zài yíng
说清楚？"岳飞说："罪将是奉旨召见，圣旨现在还供在营
zhōng zuì jiàng jìn jīng hòu zài chéng wài jiàn dào le zhāng chéng xiàng shì zhāng chéng xiàng lǐng zuì
中。罪将进京后，在城外见到了张丞相，是张丞相领罪
jiàng jìn lái de chéng xiàng jiào zuì jiàng zài fēn gōng lóu xià hòu zhǐ tā zì jǐ jìn qù xǔ jiǔ
将进来的。丞相叫罪将在分宫楼下候旨，他自己进去许久
méi yǒu chū lái shì zhí shèng jià jiàng lín zuì jiàng zì rán guì yíng bìng fēi móu cì qiú shèng
没有出来。适值圣驾降临，罪将自然跪迎，并非谋刺，求圣
shàng míng chá zhòng dà chén tīng shuō dōu yāo qiú huáng shang yán chá cǐ shì gāo zōng zhǐ dé
上明察。"众大臣听说，都要求皇上严查此事。高宗只得

chuán dàng rì de zhí diàn guān wú míng fāng mào duì zhì wú míng dá dào nà wǎn yǒu yí gè
传当日的值殿官吴明、方茂对质。吴明答道：“那晚有一个
nèi jiān shǒu zhí yì zhī xiě zhe yòu chéng xiàng zhāng de dēng lǒng bìng jiàn chéng xiàng dài zhe yí
内监手执一只写着‘右丞相张’的灯笼，并见丞相带着一
gè rén jìn le gōng fēi chén bú zòu zhǐ yīn chéng xiàng shí cháng jìn gōng xiàng wú jìn jì
个人进了宫。非臣不奏，只因丞相时常进宫，向无禁忌，
suǒ yǐ cái wèi bǐng bào huáng shang gāo zōng tīng cǐ zhè cái míng bai dōu shì zhāng bāng chāng
所以才未禀报皇上。”高宗听此，这才明白都是张邦昌
gù yì yào xiàn hài yuè fēi lóng yán dà nù xiàn zhāng bāng chāng sì gè shí chen nèi lí kāi jīng
故意要陷害岳飞，龙颜大怒，限张邦昌四个时辰内离开京
chéng miǎn sǐ wéi mín yǒng bú lù yòng
城，免死为民，永不录用。

gāo zōng mìng yuè fēi lǐng le yì qiān rén mǎ chū chéng tuì zéi yuè fēi pī jiān zhí ruì
高宗命岳飞领了一千人马，出城退贼。岳飞披坚执锐，
dài zhe zhāng bǎo wáng héng chū chéng guò le diào qiáo niú gāo tāng huái děng jiàn yuè fēi guà
带着张保、王横，出城过了吊桥。牛皋、汤怀等见岳飞挂
shuài chū zhàn biàn zhī dào píng ān wú shì gè gè xǐ shàng méi shāo fēn fēn xià mǎ wèn hòu
帅出战，便知道平安无事，个个喜上眉梢，纷纷下马问候：
dà gē yí xiàng hǎo me yuè fēi nǎ lǐ zhī dào rú guǒ méi yǒu niú gāo tāng huái děng jié
“大哥一向好么？”岳飞哪里知道，如果没有牛皋、汤怀等结
yì xiōng dì dà bīng yā jìng tā zěn néng bèi fàng chū lái yuè fēi lěng lěng de shuō dào shéi
义兄弟大兵压境，他怎能被放出来。岳飞冷冷地说道：“谁
shì nǐ men xiōng dì wǒ fèng zhǐ tè
是你们兄弟，我奉旨特
lái ná nǐ men wèn zuì niú gāo
来拿你们问罪。”牛皋
děng zhī dào yuè fēi de kǔ zhōng
等知道岳飞的苦衷，
shēn bù yóu jǐ bù děng jūn shì men
身不由己，不等军士们
shàng lái biàn hù xiāng dòng shǒu bǎng
上来，便互相动手绑
hǎo yòu ràng shǒu xià sān jūn dōu fàng
好，又让手下三军都放

牛皋等知道岳飞王法在身，不等军士们动手，
便互相动手绑好

xià wǔ qì zhā yíng chéng wài hòu zhǐ dìng duó
下武器，扎营城外，候旨定夺。

zhè biān zǎo yǒu tàn jūn bào zhī huáng dì yuè fēi gānggāng chū chéng nà bān zéi rén
这边早有探军报知皇帝：“岳飞刚刚出城，那班贼人
bú zhàn zì bǎng bù yí huì er yuè fēi qīn zì yā jiè niú gāo děng rén dào le wǔ mén
不战自绑。”不一会儿，岳飞亲自押解牛皋等人到了午门，
gāo zōng chuán zhǐ jiāng niú gāo děng dài shàng diàn lái qīn zì shěn xùn niú gāo děng bā rén guì zài
高宗传旨将牛皋等带上殿来，亲自审讯。牛皋等八人跪在
diàn xià tāng huái zòu dào chén děng bìng fēi fǎn zéi zhǐ yīn dāng nián wǔ jǔ shí yuè fēi qiāng
殿下，汤怀奏道：“臣等并非反贼。只因当年武举时，岳飞枪
tiǎo xiǎo liáng wáng zài wǔ chǎng wèi guǒ ér fǎn jiā xiāng yòu zhèng zhí hàn nián jī huāng nán yǐ
挑小梁王，在武场未果而返，家乡又正值旱年饥荒，难以
dù rì zàn shí wéi dào kuàng zhōng yuán wú zhǔ wú chù tóu bèn qián tiān tīng shuō zhāng bāng
度日，暂时为盗。况中原无主，无处投奔。前天听说张邦
chāng xiàn hài zhōng liáng yīn cǐ jǔ bīng xiāng jiù xiàn zài yuè fēi de yuān qū jì rán yǐ jīng qīng
昌陷害忠良，因此举兵相救。现在岳飞的冤屈既然已经清
bái le wǒ děng qíng yuàn zhǎn shǒu yǐ quán dà yì gāo zōng wén cǐ shí fēn gǎn dòng chuán
白了，我等情愿斩首，以全大义。”高宗闻此，十分感动，传
zhǐ sōng bǎng fēng yuè fēi wéi fù yuán shuài niú gāo děng wéi fù tǒng zhì yì jūn fēn pèi dào yuè
旨松绑，封岳飞为副元帅，牛皋等为副统制，义军分配到岳
fēi jūn zhōng gēn suí yuè fēi zhēng zhàn zhòng rén xiè ēn tuì cháo dì èr tiān yuè fēi děng
飞军中，跟随岳飞征战。众人谢恩退朝。第二天，岳飞等
jiǔ rén shuài lǐng běn bù rén mǎ lián tóng cháo zhōng bō lái de shí wàn shì bīng hé liáng cǎo hào
九人率领本部人马，连同朝中拨来的十万士兵和粮草，浩
hào dàng dàng kāi wǎng qián xiàn
浩荡荡，开往前线。

# 第十四回　岳飞保驾高宗

岳飞率军南征北战，先后收降了杨虎、张国祥、董芳、阮良、耿明初、耿明达、何元庆、余化龙等猛将，大振军威。

这一年，金兀术借着岳飞远在湖广，便率军乘机攻陷了建康。高宗在李纲、王渊、赵鼎等几位大臣的保护下，惊慌失措地逃到浙江海盐。王渊奏请到湖广去找岳飞。县主路金说当地有一位隐士，是梁山泊的第四名王虎将，人称“双鞭呼延灼”，有万夫不挡之勇，可以召来保驾。高宗忙叫李纲去请。

呼延灼刚到海盐县，金兵就已经在城下挑战了，呼延灼出城前，请高宗君臣在城上观战，若是见他不能取胜，就赶紧逃出海盐。呼延灼果然是老将不减当年勇，几鞭就把杜充打下马来。兀术见对手身手不凡，便出来亲自

yíng zhàn lái dào zhèn qián wù zhú quàn hū yán zhuó xiáng jīn ān xiǎng fù guì hū yán zhuó qǐ
迎战。来到阵前，兀术劝呼延灼降金，安享富贵。呼延灼岂
shì tān tú ān yì zhī rén wén yán dà nù jǔ biān jiù dǎ liǎng rén zhàn le sān shí duō gè
是贪图安逸之人，闻言大怒，举鞭就打。两人战了三十多个
huí hé hū yán zhuó zhōng jiū nián lǎo lì shuāi hěn kuài huí mǎ bài zǒu hū yán zhuó táo zhì
回合，呼延灼终究年老力衰，很快回马败走。呼延灼逃至
diào qiáo zhè diào qiáo nián jiǔ bù kān zhòng fù hū yán zhuó de zuò qí yì jiǎo cǎi duàn le qiáo
吊桥，这吊桥年久不堪重负，呼延灼的坐骑一脚踩断了桥
mù tā luò mǎ dǎo dì wù zhú zhuī guò lái huī dāo kǎn qù hū yán zhuó zhuàng liè xùn
木，他落马倒地。兀术追过来，挥刀砍去，呼延灼壮烈殉
guó gāo zōng jūn chén jiàn zhuàng yī hū yán zhuó chū zhàn qián de jiàn yì huāng máng shàng mǎ
国。高宗君臣见状，依呼延灼出战前的建议，慌忙上马
chū chéng táo wǎng qián táng jiāng
出城，逃往钱塘江。

gāo zōng jūn chén dào dá qián táng jiāng hòu huí tóu jiàn wù zhú de zhuī bīng jiāng zhì jīng kǒng
高宗君臣到达钱塘江后，回头见兀术的追兵将至，惊恐
wàn fēn hū rán kàn jiàn qián miàn yǒu yì tiáo hǎi chuán lián máng zhāo hu guò lái jiù jià yú fū
万分，忽然看见前面有一条海船，连忙招呼过来救驾。渔夫
bǎ chuán lǒng le àn zài shàng gāo zōng jǐ rén yáo chuán ér qù wù zhú zhǐ dé dài le rén
把船拢了岸，载上高宗几人，摇船而去。兀术只得带了人

金兵攻破建康，高宗君臣七人仓皇出逃

mǎ yán tú zhuī gǎn
马沿途追赶。

gāo zōng jūn chén
高宗君臣

dù guò qián táng jiāng
渡过钱塘江，

yòu zhǎn zhuǎn le jǐ
又辗转了几

rì cái lái dào hú
日，才来到湖

guǎng biān jìng zhè yì
广边境。这一

tiān jūn chén jǐ rén
天，君臣几人

高宗几人准备找个人家借宿，谁知竟误到张邦昌家门前

lái dào yí gè cūn zhuāng cūn zhōng yǒu yí hù rén jiā yuàn dà qiáng gāo zhòng rén jiàn tiān sè
来到一个村庄，村中有一户人家，院大墙高，众人见天色

jiàn wǎn biàn shàng qián jiè sù shéi zhī zhè jìng shì zhāng bāng chāng de jiā yuán lái zhè zhāng
渐晚，便上前借宿，谁知这竟是张邦昌的家。原来，这张

bāng chāng zì cóng bèi xiāo zhí wéi mín hòu biàn zài zhè lǐ ān jiā luò hù zhāng bāng chāng jiǎ
邦昌自从被削职为民后，便在这里安家落户。张邦昌假

yì xiāng yíng jiāng gāo zōng jūn chén piàn dào jiā zhōng xīn li àn àn dǎ zhe yào jiāng tā men xiàn
意相迎，将高宗君臣骗到家中，心里暗暗打着要将他们献

gěi jīn wù zhú de zhǔ yi
给金兀术的主意。

gāo zōng děng zài zhāng bāng chāng jiā ān dùn xià lái biàn mǎ shàng jiào tā pài rén qù tōng
高宗等在张邦昌家安顿下来，便马上叫他派人去通

zhī yuè fēi zhāng bāng chāng jiǎ yì dā ying jiāng gāo zōng ān pái dào shū fáng xiē xi sī xià
知岳飞。张邦昌假意答应，将高宗安排到书房歇息，私下

li què jiào rén qián hòu bǎ shǒu zhe dà mén zì jǐ qù jīn yíng xiàng zhān hǎn bào xìn zhāng bāng
里却叫人前后把守着大门，自己去金营向粘罕报信。张邦

chāng de qī zi jiǎng shì zhōng hòu rén cí tōu tōu de lái dào shū fáng jiāng zhāng bāng chāng shè
昌的妻子蒋氏忠厚仁慈，偷偷地来到书房，将张邦昌设

jì xiàn hài de shì gào su gāo zōng děng rén bìng dài zhe tā men lái dào hòu yuàn ràng tā men
计陷害的事告诉高宗等人，并带着他们来到后院，让他们

张邦昌的妻子蒋氏偷偷来到书房，将张邦昌设计陷害的事和盘托出

fān qiáng táo zǒu jūn chén
翻墙逃走。君臣
bā rén pān zhe dà shù
八人攀着大树，
pá chū qiáng lái táo le
爬出墙来，逃了
chū qù
出去。

zhān hǎn dài zhe bīng
粘罕带着兵
mǎ lái dào zhāng bāng chāng
马来到张邦昌
jiā xún le bàn tiān yě
家，寻了半天也
bú jiàn gāo zōng jūn chén de
不见高宗君臣的
zōng yǐng lái dào hòu huā yuán jiàn jiǎng shì diào zài shù shang zì jìn le zhāng bāng chāng shèng
踪影。来到后花园，见蒋氏吊在树上自尽了。张邦昌盛
nù zhī xià bá dāo gē xià jiǎng shì de tóu xiàng zhān hǎn qǐng zuì zhān hǎn qì jí bài huài xià
怒之下拔刀割下蒋氏的头向粘罕请罪。粘罕气急败坏，下
lìng chāo le zhāng bāng chāng de jiā hái fàng huǒ bǎ fáng zi shāo le bìng mìng lìng zhāng bāng chāng
令抄了张邦昌的家，还放火把房子烧了，并命令张邦昌
zài qián miàn yǐn lù zhuī gǎn gāo zōng zhāng bāng chāng shì yǎ zi màn cháng huáng bò wèi zì jiā
在前面引路追赶高宗。张邦昌是哑子漫尝黄柏味，自家
yǒu kǔ zì jiā zhī zhǐ dé guāi guāi tīng lìng
有苦自家知，只得乖乖听令。

zài zhāng bāng chāng de zhǐ yǐn xià zhān hǎn lǐng bīng zhuī dào niú tóu shān yuǎn yuǎn wàng
在张邦昌的指引下，粘罕领兵追到牛头山，远远望
jiàn yǒu qī bā gè rén zhèng pān zhe yán shí xiàng bàn shān yāo pá zhān hǎn liào xiǎng yí dìng shì
见有七八个人正攀着岩石向半山腰爬。粘罕料想一定是
gāo zōng jūn chén lián máng mìng lìng jīn bīng shàng shān qù zhuō ná gāo zōng jūn chén zài shān shang
高宗君臣，连忙命令金兵上山去捉拿。高宗君臣在山上
kàn jiàn wú shù jīn bīng wěi suí ér lái xīn xiǎng zhè huí táo bù tuō le zhèng zài jǐn jí
看见无数金兵尾随而来，心想：这回逃不脱了。正在紧急

关头，天空忽然阴云密布，哗啦啦的下起雨来。金兵大多穿的是皮靴，加之坡陡路滑，跌死不少。雨越下越大，没有停的意思，粘罕料想他们逃不远，下令搭起牛皮帐，等雨停了再上山去捉人。高宗君臣也顾不得大雨，一口气爬到山顶，看见一座庙。高宗君臣浑身湿透了，见金兵没有追上来，便进去躲雨。

建康失守、高宗逃往潭州的消息传到了岳飞那里，岳飞听了大惊失色，拔出剑来便要自刎，被张宪、施全拦腰抱住。岳飞哭道："君辱臣死，圣上蒙尘，为臣者怎能苟且偷生？"诸葛英劝道："找到圣上是眼前之急，我们好去保驾。"岳飞拭去眼泪，慌忙派牛皋和潭州总兵到牛头山查探，其他的人分头到各处打听。

牛皋率军来到牛头山下，恰逢大雨。牛皋便在山下搭起帐篷，准备等雨停了再往前走。这时军士来报，前面不远处发现了金兵营帐。牛皋判断，金兵在附近，皇上肯定距此不远，于是请潭州总兵引路，从荷叶岭绕道上山。高宗君臣正被冻得瑟瑟发抖，忽然听到外面传来一阵嘈杂

牛皋在牛头山上找到高宗，把自己带的干粮献给他

zhī shēng lǐ gāng cóng mén fèng li yì qiáo jiàn shì niú gāo xìng fèn de dà hǎn dào niú
之声。李纲从门缝里一瞧，见是牛皋，兴奋地大喊道：“牛
jiāng jūn kuài lái jiù jià niú gāo jí máng tiào xià mǎ lái jìn miào jiàn le gāo zōng kòu tóu
将军，快来救驾！”牛皋急忙跳下马来，进庙见了高宗，叩头
qǐng ān jiāng shēn biān de gān liáng xiàn shàng rán hòu mìng lìng sān jūn shǒu zhù shàng shān yào lù
请安，将身边的干粮献上，然后命令三军守住上山要路，
yòu pài rén kuài mǎ huí dào tán zhōu bǐng bào yuè fēi shān xià de zhān hǎn dé zhī shān shang yǒu
又派人快马回到潭州禀报岳飞。山下的粘罕得知山上有
sòng bīng bǎ shǒu lì jí pài rén sù huí lín ān bào zhī wù zhú
宋兵把守，立即派人速回临安报知兀术。

# 第十五回 牛皋催粮收将

yuè fēi dé zhī gāo zōng duǒ zài niú tóu shān líng guān miào kuài mǎ jiā biān jí bēn qù jiàn
岳飞得知高宗躲在牛头山灵官庙，快马加鞭急奔去见
jià jūn chén xiāng jiàn bào tóu tòng kū gāo zōng yīn yí lù jīng hún wèi dìng yòu lín le dà
驾。君臣相见，抱头痛哭。高宗因一路惊魂未定，又淋了大
yǔ shī yī guǒ shēn rǎn le fēng hán fā qǐ shāo lái yuè fēi jiàn líng guān miào xiá xiǎo jiǎn
雨，湿衣裹身，染了风寒，发起烧来。岳飞见灵官庙狭小简
lòu biàn fēn fù jiàng shì men zài qù shān zhōng xún zhǎo gèng hǎo de ān shēn zhī chù zhāng bǎo zhǎo
陋，便吩咐将士们再去山中寻找更好的安身之处。张保找
dào yì suǒ dào guàn jiào yù xū gōng yǒu sān shí liù jiān fáng wū lǐ miàn rì cháng yòng pǐn
到一所道观，叫玉虚宫，有三十六间房屋，里面日常用品
yí qiè qí quán yuè fēi tīng shuō hòu lián máng jiāng gāo zōng yí jià dào yù xū gōng zhǎo le
一切齐全。岳飞听说后，连忙将高宗移驾到玉虚宫，找了
yì xiē gān jìng yī fu gěi
一些干净衣服给
gāo zōng huàn le ān pái
高宗换了，安排
tā zài guàn nèi jìng yǎng tiáo
他在观内静养调
zhì gāo zōng bìng qíng hǎo
治。高宗病情好
zhuǎn yǐ hòu xiào fǎ dāng
转以后，效法当
nián hàn gāo zǔ zhù tái bài
年汉高祖筑台拜
jiàng de xiān lì zài líng
将的先例，在灵

岳飞到牛头山来见高宗，高宗病倒在床

官殿搭台，拜岳飞为“武昌开国公少保统属文武兵部尚书都督大元帅”，由岳飞统领各路勤王兵马。

第二天，岳飞召集将士商议粮草的事，他说：“三军未到，粮草先行。目前正是交兵之际，粮草是当务之急。现在山下被金兵包围，谁敢冒险突围出去前往相州催粮？”话还没说完，牛皋抢着说：“末将敢去！”岳飞便将令箭和文书交给他。牛皋将文书藏在衣服里面，将令箭插在飞鱼袋里，上马提锏，独自一人扬鞭下山。牛皋冲进粘罕营中，舞动双锏，逢人便打，粘罕闻讯，提了镏金棍上马来迎战，被牛皋打了七八锏，粘罕招架不住。牛皋冲出金营，直奔相州去了。

牛皋昼夜兼程到了相州，直到节度使辕门才翻身下马，顾不上通报，亲自击鼓惊堂。相州节度使刘光世急忙出门相迎，牛皋递上文书，叫道：“都爷快看文书！快看文书！”刘光世看罢，立即传令准备粮草。至二更时分，粮草齐备，刘光世派出三千将士护送，又修书一封，交给牛皋。牛皋叩头辞别。

牛皋押着粮草，急行了一天，忽然下起大雨来。牛皋见前面不远处有一片红墙，以为是一座庙宇，也来不及多问，就叫军士把粮车推进去避雨。原来这是汝南王郑怀家的祠堂。那郑怀力大无穷，听说来了一队军马，推着粮草在祠堂里喧哗，抡起大铁棍就出来了。牛皋见郑怀气势汹汹，以为是来抢粮的，不问原委，举锏就打。郑怀抡棍招架，斗了三四个回合，郑怀一棍击落牛皋的双锏，把他擒住，厉声问：“你是哪里来的草寇，敢来糟蹋王府祠堂？”牛

郑怀听说来了一队军马在祠堂喧哗，提着大铁棍就出来了

皋大声喝道："我是岳元帅帐下的牛皋，现奉元帅之命，催粮上牛头山保驾的！你敢拿我，等我奏明皇上，看皇上不把你凌迟处死！"郑怀一听说是岳飞帐下的牛皋，连忙命人松绑，解释了误会，并提出一同上牛头山保驾。牛皋痛快答应，于是郑怀收拾了行李，与牛皋一同动身。

这天，牛皋、郑怀二人押着粮草来到一座山前，忽然听见一阵锣响，从山后闪出五六百个人来，领头的是一个少年。少年大声喝道："识趣的话，留下粮车，放你过去！"牛皋大怒，正要出马，郑怀抢先一步，挥棍上前便打，那小将也不落下风，抡枪就刺。二人大战了三十多个回合，难分胜负。牛皋扬鞭上前，叫道："我是岳元帅手下的，你年纪虽小，武艺倒不错。不如归顺朝廷，为国效力，胜过在这儿做强盗。"这少年叫张奎，是东正王张光远的后人，眼见朝廷奸臣当道，民不聊生，故在此落草为寇。张奎一听牛皋这样说，忙弃枪下马，愿意同牛皋一起在岳飞麾下效力。

三人合兵后，又走了一天，来到一个地方，突然又闪出

张奎弃枪下马，愿意一起往岳飞麾下效命

sì wǔ qiān rén lán zhù qù lù yào tā men liú xià liáng cǎo wéi shǒu de shì yí gè nián qīng
四五千人拦住去路，要他们留下粮草。为首的是一个年轻
rén shǒu tí yì gǎn zàn jīn hǔ tóu qiāng rǎng zhe yào yǔ niú gāo dà zhàn sān bǎi gè huí hé
人，手提一杆錾金虎头枪，嚷着要与牛皋大战三百个回合。
zhèng huái dà nù jǔ gùn jiù dǎ nà nián qīng rén yòng qiāng jià kāi yì lián jǐ qiāng zhàn de
郑怀大怒，举棍就打，那年轻人用枪架开，一连几枪，战得
zhèng huái qì chuǎn xū xū zhāng kuí jiàn zhuàng jiāng yín qiāng yì bǎi shàng lái zhù zhèn liǎng rén
郑怀气喘吁吁。张奎见状将银枪一摆，上来助阵。两人
yǔ nà nián qīng rén zhàn le èr shí yú huí hé niú gāo jiàn réng bú jiàn shèng fù jǔ qǐ shuāng
与那年轻人战了二十余回合，牛皋见仍不见胜负，举起双
jiǎn yě lái zhù zhàn jié guǒ niú gāo děng yě bú shì nà rén de duì shǒu sān rén zhèng zhuì
锏也来助战。结果，牛皋等也不是那人的对手，三人正惴
zhuì bù ān de shí hou zhǐ jiàn nà rén hū rán tiào chū quān wài jiào shēng qiě màn sān
惴不安的时候，只见那人忽然跳出圈外，叫声："且慢！"三
rén shōu le bīng qì qì chuǎn rú niú nà rén shuō tā jiào gāo chǒng yuán yào qián qù niú tóu
人收了兵器，气喘如牛。那人说他叫高宠，原要前去牛头

牛皋押着粮车回到牛头山，看到金兵已把牛头山团团围住



shān bǎo jià dé zhī niú gāo dào cǐ tè lái xiàn yì niú gāo dà xǐ dāng xià yǔ gāo chǒng
山保驾，得知牛皋到此，特来献艺。牛皋大喜，当下与高宠
hé le duì wǔ cuī bīng xiàng niú tóu shān jìn fā
合了队伍，催兵向牛头山进发。

zhè shí wù zhú shuài lǐng de liù qī shí wàn dà jūn yǐ jīng dào dá niú tóu shān zài shān
这时兀术率领的六七十万大军已经到达牛头山，在山
jiǎo zhā zhù yíng pán jiāng niú tóu shān wéi de fēng yǔ bú tòu niú gāo děng rén yā zhe liáng cǎo
脚扎住营盘，将牛头山围得风雨不透。牛皋等人押着粮草
dào le niú tóu shān jiàn jīn yíng lián mián shí yú lǐ biàn jiào zhāng kuí zhèng huái zuǒ yòu fǔ
到了牛头山，见金营连绵十余里，便叫张奎、郑怀左右辅
yì zì jǐ yā hòu bǎo hù zhe liáng cǎo wǎng qián zǒu gāo chǒng fèn yǒng dāng xiān chōng rù jīn
翼，自己押后，保护着粮草往前走。高宠奋勇当先，冲入金
yíng qiāng tiǎo biān dǎ shā chū yì tiáo xuè lù zuǒ yǒu zhāng kuí yòu yǒu zhèng huái niú gāo
营，枪挑鞭打，杀出一条血路。左有张奎，右有郑怀，牛皋
zài hòu hǎo bǐ měng hǔ sōu shān jīn bīng nǎ lǐ dǐ dǎng de zhù wù zhú yòu pài le sì gè
在后，好比猛虎搜山，金兵哪里抵挡得住。兀术又派了四个

jīn jiàng yíng zhàn jūn bèi gāo chǒng yòng qiāng tiāo sǐ jīn bīng men xià de sì chù bēn sàn táo
金将迎战，均被高宠用枪挑死。金兵们吓得四处奔散逃

mìng yā liáng duì wǔ chōng kāi shí jǐ zuò yíng pán zhí bèn niú tóu shān bù duō shí jiù shàng
命。押粮队伍冲开十几座营盘，直奔牛头山，不多时就上

le hé yè lǐng niú gāo děng rén bài jiàn yuè fēi yuè fēi dà xǐ guò wàng dài tā men dào yù
了荷叶岭。牛皋等人拜见岳飞，岳飞大喜过望，带他们到玉

xū gōng miàn jiàn gāo zōng jiāng zhāng kuí děng sān rén bǎo jià de shì zòu míng gāo zōng fēng tā sān
虚宫面见高宗，将张奎等三人保驾的事奏明，高宗封他三

rén wéi tǒng zhì sān rén xiè ēn ér tuì
人为统制，三人谢恩而退。

# 第十六回 挑车高宠丧命

牛头山被金兵包围，形势非常严峻，为了高宗早日回京，岳飞决定与金兵背水一战，于是派牛皋去下战书。牛皋来到金营，要兀术下座行礼，兀术不肯，还责问他为何不下跪。牛皋说：“我上奉天子圣旨，下奉元帅将令，来下战书。我堂堂天子使臣，怎么肯屈膝于你？”兀术见他言之有理，便下座相见。牛皋递上战书，兀术看过后，在后面批上“三日后决战。”牛皋得了战书，回营复命。

牛皋来到金营下战书，兀术不肯下座行礼

第二天，岳飞又派王贵、牛皋去金

营中偷猪羊祭帅旗。王贵、牛皋二人嘀咕道：“这金营六七十万人马，谁知道他的猪羊藏在哪个地方？不如捉两个金兵，就当个猪羊来交差吧。”于是，两人摧马上路，悄悄潜入营中，趁金兵不防备，一人捉了一个金兵，夹在腰间，回了荷叶岭。粘罕得知消息后，立即带领众将赶来，牛皋、王贵早已跑得无影无踪。两人回来缴令，岳飞见了笑着说：“金兵怎能代作猪羊来祭旗，暂且押在后营吧。”

兀术听说宋营里捉了金兵祭旗，勃然大怒，就杀了张邦昌当做祭礼，以散心头之气。张邦昌曾经在小校场时对天起誓，如若欺君，便在外邦变成猪羊，哪料正巧应誓。兀术祭过旗后，元帅哈铁龙送来了铁滑车，兀术当即传令，将铁滑车埋伏在西南方。两边准备停当，只等开战。

开战那天，岳飞调拨各将紧守各条要塞，设下擂木炮石，又派高宠掌管三军司令的大旗，留守后方。岳飞提枪上马，带着马前张保、马后王横来到阵前。兀术出阵，大声叫道：“岳飞，现如今山东、山西、湖广、江西都归我金邦所管。你兵不满十万，被困在这牛头山，粮草迟早会断

岳飞亲自带兵出战，命高宠掌管三军司令的大旗

绝。不如献出高宗，归顺金邦，我封你为王，如何？”岳飞怒喝：“兀术，你囚二圣于沙漠，追天子到湖广。我兵虽少而将勇，不杀你誓不回师！”说完拍马上前，举枪便刺。兀术大怒，提起金雀斧，两人大战了十几个回合。这时，四面八方的金兵喊声震天，都向牛头山涌去，幸好被各路将领挡住。岳飞惦记高宗在山上，恐怕惊了圣驾，勾开斧，虚晃一枪，调头回山。张奎见岳飞回山，立即鸣金收兵。

gāo chǒng zài shān shang kàn de qīng qīng chǔ chǔ xīn zhōng àn xiǎng yuán shuài yǔ wù zhú
高宠在山上看得清清楚楚，心中暗想：元帅与兀术
jiāo zhàn méi jǐ gè huí hé biàn cōng cōng huí shān kěn dìng shì wù zhú wǔ yì guò rén dài wǒ
交战，没几个回合便匆匆回山，肯定是兀术武艺过人，待我
xià shān qù huì hui biàn bǎ dà qí jiāo gěi zhāng kuí lūn qiāng shàng mǎ cóng xiǎo lù xià shān
下山去会会！便把大旗交给张奎，抡枪上马，从小路下山
lái wù zhú zhèng wǎng shān shang chōng gāo chǒng yíng miàn ér lái gāo chǒng pī miàn biàn shì yì
来，兀术正往山上冲，高宠迎面而来。高宠劈面便是一
qiāng wù zhú tí fǔ zhāo jià shéi zhī dǐ dǎng bú zhù bǎ tóu yì dī bèi gāo chǒng yì qiāng
枪，兀术提斧招架，谁知抵挡不住，把头一低，被高宠一枪
jiāng tóu kuī tiāo luò zài dì shang xià de wù zhú hún bù shǒu shè huí mǎ biàn pǎo gāo chǒng
将头盔挑落在地上，吓得兀术魂不守舍，回马便跑。高宠
zài hòu miàn wěi suí zhuī jìn le jīn yíng
在后面尾随，追进了金营。

gāo chǒng jìn le jīn yíng huī zhe nà gǎn wǎn kǒu cū de qiāng shù cì héng tiǎo bǎ
高宠进了金营，挥着那杆碗口粗的枪，竖刺横挑，把
nà xiē jīn bīng shā de rén yǎng mǎ fān wáng zhě bú jì qí shù gāo chǒng zài dōng xī liǎng yíng
那些金兵杀得人仰马翻，亡者不计其数。高宠在东西两营
jìn jìn chū chū
进进出出，
rú rù wú rén
如入无人
zhī jìng shā de
之境，杀得
nà xiē jīn bīng
那些金兵
jiào kǔ bù dié
叫苦不迭，
kū shēng zhèn dì
哭声震地。
yǎn kàn shā dào
眼看杀到
xià wǔ gāo chǒng
下午，高宠

高宠进了金营，连挑带刺，把那些金兵杀得人仰马翻

骑马冲出金营正要回山，忽然看见西南角上有座金营，高宠心想：此处必定是金兵屯粮之地。我去放火把它烧个干净，断了金兵命根，岂不更好？想到这里，高宠拍马抡枪，又冲了进去。金兵慌忙报知哈铁龙，哈铁龙下令将铁滑车推出去。众金兵得令，将铁滑车推了出来。高宠不知道那是什么东西，用枪奋力一挑，将一辆铁滑车挑过头去。后面一辆紧接着一辆，高宠一口气连挑了十一辆。到了第十二辆，谁知坐下的那匹战马已精疲力竭，口吐鲜血，倒在地上，把高宠也掀翻在地。这时铁滑车冲过来从高宠身上碾了过去，这位盖世英雄壮烈殉国。哈铁龙带了高宠的尸首来见兀术，兀术不住感叹："这个南蛮连毁十一辆铁滑车，楚霸王在世也不过如此，实在是厉害！"兀术一面吩咐哈铁龙再去整顿铁滑车，一面叫人在营门口立一个高竿，将高宠的尸首吊起来示众。

这时岳飞同众将正在山前打听高宠的消息，忽然看见金营门前吊起一个尸首。牛皋也远远地看见了，叫声："不好！"拍马便向山下冲去。岳飞忙令张立、张

yòng zhāng bǎo wáng héng hé yuán qìng yú huà lóng dǒng xiān zhāng xiàn bā jiàng lì jí
用、张保、王横、何元庆、余化龙、董先、张宪八将立即
xià shān qù jiē yìng
下山去接应。

niú gāo chōng dào jīn yíng qián yǒu jīn bīng shàng lái zǔ lán tā yòng jiǎn yí zhèn měng
牛皋冲到金营前，有金兵上来阻拦。他用锏一阵猛
sǎo nà xiē jīn bīng biàn bèi dǎ sàn le niú gāo chōng dào gāo gān qián bá jiàn jiāng shéng zi
扫，那些金兵便被打散了。牛皋冲到高竿前，拔剑将绳子
kǎn duàn nà shī shǒu zhuì xià lái niú gāo jiē zhù yí kàn dà jiào yì shēng diē xià mǎ
砍断，那尸首坠下来。牛皋接住一看，大叫一声，跌下马
lái jīn bīng jiàn zhuàng lì kè shàng qián zhuō ná zhāng xiàn děng bā jiàng gǎn guò lái shā tuì
来。金兵见状，立刻上前捉拿，张宪等八将赶过来，杀退
le jīn bīng zhāng bǎo xùn sù jiāng gāo chǒng de shī shǒu tuó zài mǎ shang zhòng jiàng yì biān yǎn
了金兵。张保迅速将高宠的尸首驮在马上，众将一边掩
hù yì biān chè lí jīn bīng yòu zhuī guò lái hé yuán qìng yú huà lóng huí mǎ yòu sī shā le
护一边撤离。金兵又追过来，何元庆、余化龙回马又厮杀了
yì fān chuí dǎ qiāng tiǎo jiāng jīn bīng shā tuì
一番，锤打枪挑，将金兵杀退。

zhòng jiàng jiāng niú gāo jiù shàng shān niú gāo xǐng lái háo táo dà kū lián yūn le jǐ
众将将牛皋救上山，牛皋醒来号啕大哭，连晕了几

众将将牛皋救上山，牛皋醒来后大哭不止

cì zhòng jiàng jiàn le wú rén bù lèi shī yī jīn gāo zōng chuán xià shèng zhǐ gāo jiāng jūn
次。众将见了，无人不泪湿衣襟。高宗传下圣旨：“高将军
wèi guó juān qū yòng zhèn de yī guān bāo guǒ le shī shǒu zàn qiě ān zàng zài cǐ dì děng tài
为国捐躯，用朕的衣冠包裹了尸首，暂且安葬在此地，等太
píng shí zài sòng huí jīng dū ān zàng yuè fēi quàn niú gāo bú yào guò fèn shāng xīn jié āi
平时再送回京都安葬。”岳飞劝牛皋不要过分伤心，节哀
shùn biàn yòu mìng tāng huái zhù zài niú gāo zhàng zhōng suí shí zhào gù tā
顺变，又命汤怀住在牛皋帐中，随时照顾他。

# 第十七回　金兵突袭岳庄

这天，兀术在营帐内谋划着如何攻取牛头山，说道：“前些日子，被高宠一枪，差点丢了性命，又连挑我十一辆铁滑车，一个尸首也被抢去，岂不厉害！”哈迷蚩说：“臣现在有一计，保证可以捉拿岳南蛮。臣听说岳飞最孝顺他母亲，而岳母现在在汤阴老家。目前我们两军相持，他无暇提防。我们悄悄派兵去拿他的家属来。他闻知还不主动来投降？”兀术听了连连拍案称好，当即派了元帅薛礼花豹领兵五千，从牛头山动身，暗渡黄河，星夜前往汤阴。

再说岳飞家中，自从岳飞奉旨外出抗敌，岳母和儿媳便在家纺纱织布，勤劳节俭，和睦乡里，无人不尊敬爱戴。长子岳云已经十三岁，出落得一表人才。岳母为了他的学业请了个先生教他，他天资聪敏，能举一返三，常常将先生问的哑口无言。先生觉得颜面无存，只得请辞，接连几

岳云天资聪敏，能举一返三，常常将先生问倒

个都是如此。这之后，岳云开始自学，他将岳飞留下的兵书如《孙子兵法》等，细细翻阅，谙熟于心。他尤其喜欢使枪弄棒，还央求着家人置办了一副齐整的盔甲，家中本有些弓箭枪马。岳云常常带着家将，到郊外打猎取乐。有时也独自去校场，看刘光世操练兵马。一天他得到一本唐将李元霸传下的锤法书，十分高兴，岳母见他如此热衷武艺，便请人打了一对八十斤重的大锤，岳云自从得了锤后，依法锻炼，从未间断，不久便练得一身好武艺。

zhè yuè yún xué de yì shēn hǎo běn lǐng biàn yì xīn xiǎng xiào fǎng fù qīn shā dí bào
这岳云学得一身好本领，便一心想效仿父亲杀敌报
guó yì tiān zhèng shì qiū shōu jì jié hū rán yǒu rén yì liǎn jīng huāng de pǎo lái hǎn
国。一天，正是秋收季节，忽然有人一脸惊慌地跑来，喊
dào bù hǎo le jīn bīng lái le dà jiā máng tíng xià nóng huó zhǔn bèi kàng jī yuè
道："不好了，金兵来了！"大家忙停下农活，准备抗击。岳
mǔ dé zhī xiāo xi gǎn máng hé ér xí shāng liang tuì dí bǎo zhuāng de bàn fǎ yuè yún dāng
母得知消息，赶忙和儿媳商量退敌保庄的办法。岳云当
shí zhèng zài zhuāng hòu xí wǔ tīng shuō jīn bīng wéi zhuāng lì kè shōu le shuāng chuí huí lái
时正在庄后习武，听说金兵围庄，立刻收了双锤回来。
dà jiā zhèng zài qī zuǐ bā shé jīng huāng shī cuò de shí hou yuè yún jìn lái le chén zhuó
大家正在七嘴八舌、惊慌失措的时候，岳云进来了，沉着
de shuō zǔ mǔ bú yào jīng huāng tīng shuō jīn bīng zhǐ yǒu sān wǔ qiān rén pà tā zuò shén
地说："祖母不要惊慌，听说金兵只有三五千人，怕他做什
me ràng sūn er chū qù bǎ tā men shā gè piàn jiǎ bù liú yuè mǔ lián máng zǔ lán shuō
么！让孙儿出去把他们杀个片甲不留！"岳母连忙阻拦，说
dào nǐ xiǎo xiǎo nián jì jìn shuō dà huà yuè yún bù fú qì sūn er ruò shì shā bu
道："你小小年纪，尽说大话！"岳云不服气："孙儿若是杀不
guò zài yǔ zǔ mǔ
过，再与祖母
táo zǒu yě bù chí
逃走也不迟。"
yuè mǔ yě bié wú tā
岳母也别无他
jì zhǐ dé dā ying
计，只得答应
ràng tā shì shi yuè
让他试试。岳
yún pī shàng yī jiǎ
云披上衣甲，
tí qǐ shuāng chuí lǐng
提起双锤，领
zhe yì bǎi duō míng jiā
着一百多名家

岳云听说金兵到了岳家庄，主动要求带兵迎战

将，跨上战马，出门迎敌去了。

岳云等人刚走出不远，正好遇上金兵。金将薛礼花豹见一个十三四岁的小孩子挡住去路，也不放在眼里，上前大声喝道："哪里来的小南蛮，敢拦住我的去路？"岳云也厉声回答说："我是岳元帅大公子岳云。你是谁，敢来这里送死？"薛礼花豹一听他说自己是岳飞之子，喜出望外，叫岳云快快下马投降。岳云大怒，举锤便冲上前去。薛礼花豹也举刀相迎，不料当的一声刀刃顿时就被打弯了。薛礼花豹只能招架，没有还手的机会，正想撤退，却被岳云当头一锤打落下马。金将张兆奴见此，提起宣花月斧向岳云砍过来。不料岳云身轻如燕，眼疾手快，一锤掀开大斧，再一锤挥过来。张兆奴被震得手臂发麻，不免有些心慌没底气，掉转马头便跑。岳云立即率领家将追赶。金兵慌乱中自相践踏，死伤甚多。跑了没多远，张兆奴想：在金营中我也是一员悍将，如果这样败在一个无名小孩手下，传出去岂不要被人耻笑？于是鼓足勇气，回马再战。岳云拍马上前，一对锤舞得得心应手。张兆奴拼尽全身力气来抵挡，

yuè dǎng zhèn fǎ yuè luàn yuè yún jǐn gēn shàng qù yì chuí jī zhòng tā de tiān líng gài zhāng
越挡阵法越乱。岳云紧跟上去一锤，击中他的天灵盖，张
zhào nú dāng chǎng bì mìng nà xiē jīn bīng jiàn zhǔ fù jiàng dōu zhàn sǐ le xià de sì chù táo
兆奴当场毙命。那些金兵见主副将都战死了，吓得四处逃
cuàn zhè shí xiāng zhōu jié dù shǐ liú guāng shì tīng shuō jīn bīng lái zhuā yuè fēi jiā shǔ lián
窜。这时，相州节度使刘光世听说金兵来抓岳飞家属，连
máng shuài lǐng bīng zú lái xiāng jiù lù shang qià hǎo yù jiàn nà xiē sì chù táo mìng de jīn bīng
忙率领兵卒来相救。路上恰好遇见那些四处逃命的金兵，
dà shā yí zhèn nà xiē jīn bīng bèi dǎ de qī líng bā luò méi shèng le jǐ gè
大杀一阵，那些金兵被打的七零八落，没剩了几个。

张兆奴想逃走，岳云赶上一锤将他天灵盖打碎

# 第十八回 牛头山破金兵

yuè yún zì cóng bǎo hù yuè jiā zhuāng chéng gōng zhī hòu biàn lái dào le niú tóu shān bāng
岳云自从保护岳家庄成功之后便来到了牛头山，帮
zhù fù qīn kàng dí
助父亲抗敌。

jīn jiàng zhān hǎn de èr ér zi míng jiào jīn dàn zǐ zhè jīn dàn zǐ shàn yòng liú xīng
金将粘罕的二儿子名叫金弹子。这金弹子擅用流星

岳云赶到牛头山，帮助父亲抗敌

锤，无人能敌。宋营里牛皋、余化龙、董先、何元庆、张宪均与其交手，都力怯而退。岳飞没办法，只得下令高挂免战牌。岳云听说那金弹子有万夫不当之勇，便催马下山，与金弹子交战。二人一个挥动银锤，一个舞起铁锤，大战了四十多个回合，也没分出胜负。战到八十多个回合时，岳云渐渐抵挡不住。牛皋一见很是心急，不禁大喝一声 。金弹子稍一分神，被岳云一锤刺中肩膀，落马下来。岳云乘机冲上去，取了首级。粘罕、兀术见此悲痛万分，一时无心再战。

岳飞下令将金弹子的首级挂在营前，大振宋营人心。这时，探子来报："南朝元帅张浚、顺昌元帅刘琦、象山总兵龚相、藕塘关总兵金节、九江总兵杨沂中、湖口总兵谢昆等收到文书后，马不停蹄地赶来保驾，现已齐聚牛头山下，请元帅登山察看。"岳飞急忙登上牛头山顶，果真见各路人马循序渐进，有三十余万，气势磅礴。岳飞忙向高宗奏报，请高宗做好上山准备。

一切安排妥当后，岳飞一声令下，数十尊大炮齐发，顿时惊天动地。四面扎营的总兵、节度使听到炮响，纷纷从四

岳飞到山头一看，山下远远近近到处都是宋朝旗帜

面八方包围金兵。牛头山上，岳飞传令何元庆、余化龙、张显、岳云、牛皋等为先锋，率领众将士杀向金营，岳飞率领大队人马尾随杀入。兀术也召集各位王子、元帅们，准备与宋军大战一场。这场战争打得山摇地动，日月无光。只见岳飞挥动沥泉枪，如同蛟龙搅海，巨蟒翻身，吓得金兵一个个抱头逃窜，混乱不堪，许多人相互踩踏而死。各路勤王兵马乘势冲杀，只听见喊声震地，金鼓连天，杀得那些金兵尸横遍地。兀术正在阵中拼杀，忽然看见不远处一员大将如天神一般，左冲右突，杀得金兵四处奔逃。兀术知道那员大将就是岳飞，不免有些胆怯，又见

zhòng sòng jiàng yù zhàn yù yǒng jīn bīng jiàn jiàn dǐ dǎng bú zhù zhǐ dé tū chū chóng wéi
众宋将愈战愈勇，金兵渐渐抵挡不住，只得突出重围，
shuài bù xiàng běi chè tuì
率部向北撤退。

gāo zōng hé zhòng wén wǔ dà chén zài yuè fēi yǔ zhòng jiàng de bǎo hù xià háo fà wú
高宗和众文武大臣在岳飞与众将的保护下，毫发无
sǔn lái dào wài wéi yuè fēi yù jiàn zhāng jùn liú qí yuè fēi qǐng tā men sù sù bǎo jià
损。来到外围，岳飞遇见张浚、刘琦，岳飞请他们速速保驾
huí jīng zì jǐ dài le zhāng bǎo wáng héng lì jí xiàng běi zhuī jī jīn bīng
回京，自己带了张保、王横，立即向北追击金兵。

wù zhú yí lù běi táo lái dào hàn yáng jiāng kǒu hū rán tīng jiàn qián miàn jīn bīng fēn
兀术一路北逃，来到汉阳江口，忽然听见前面金兵纷
fēn bào yuàn wù zhú dào qián miàn yí kàn zhǐ jiàn cháng jiāng bō tāo gǔn gǔn dǎng zhù qù lù
纷抱怨。兀术到前面一看，只见长江波涛滚滚，挡住去路，
yòu méi yǒu chuán zhī kě dù hòu miàn sòng jūn de zhuī shā zhī shēng yuè lái yuè qīng xī le wù
又没有船只可渡，后面宋军的追杀之声越来越清晰了，兀
zhú xià de zhàn zhàn jīng jīng yǎng tiān dà jiào tiān wáng wǒ yě wǒ zì jìn zhōng yuán yǐ
术吓得战战兢兢，仰天大叫："天亡我也！我自进中原以
lái cóng wèi rú cǐ láng bèi
来，从未如此狼狈。
rú jīn qián yǒu dà jiāng hòu
如今前有大江，后
yǒu zhuī bīng zhè kě zěn me
有追兵，这可怎么
bàn zhèng zài jiāo jí wàn
办？"正在焦急万
fēn de shí hou hā mí chī
分的时候，哈迷蚩
yòng shǒu yì zhǐ láng zhǔ bú
用手一指："狼主不
yào jīng huāng kuài kàn wǒ
要惊慌！快看，我
men de chuán
们的船！"

岳飞率领人马追来，正在危急时刻，
兀术看到了金兵旗号的舰船

兀术定眼一看，那船上果然挂着金兵旗号，不觉大喜过望，原来那战船上的将领正是杜吉、曹荣，因为他们被宋军打败了，乘船逃走，正巧路过这儿。哈迷蚩慌忙大喊："快来救四太子！"杜吉等见是金兵求救便飞快靠岸。兀术、军师等急忙上船。船少人多，哪里装得下全部的人马，后面的金兵纷纷挤落下水。兀术见追兵将至，只得下令开船。岳飞率军追到岸边，一阵狠杀，那些没有上船的兵将被杀的被杀，投降的投降，岸上的人马损失十之八九。兀术在船上目睹这一切，掩面痛哭，心如刀割。这一仗，兀术的六十多万金兵，侥幸只逃走了一万多人。

# 第十九回 梁红玉战金山

yuè fēi shuài jūn zhuī dào jiāng biān jiàn dí chuán yǐ jīng yuǎn qù yòu wú chuán kě dù jiāng
岳飞率军追到江边，见敌船已经远去，又无船可渡江
zhuī jī zhǐ dé zàn shí zài hàn yáng ān yíng zhā zhài zhè shí chuán lái xiāo xi hán shì zhōng
追击，只得暂时在汉阳安营扎寨。这时传来消息：“韩世忠
yuán shuài zài láng fú shān xià zhā yíng zhǔn bèi dǎng zhù wù zhú de tuì lù yuè fēi tīng le shí
元帅在狼福山下扎营，准备挡住兀术的退路。”岳飞听了十
fēn gāo xìng biàn bú zài pài chuán qù zhuī yòu hū rán xiǎng dào rú guǒ wù zhú bèi kùn shuō
分高兴，便不再派船去追，又忽然想到，如果兀术被困，说
bú dìng huì qì zhōu dēng lù zé cháng tiān guān táo zǒu yú shì fēn fù yuè yún nǐ yǐn bīng
不定会弃舟登陆，择长天关逃走，于是吩咐岳云：“你引兵
sān qiān shǒu zhù cháng tiān guān rú guǒ wù zhú jīng guò nǐ wù bì yào qín zhù yuè yún
三千，守住长天关。如果兀术经过，你务必要擒住。”岳云
lǐng mìng shuài bīng zhí bèn cháng tiān
领命，率兵直奔长天
guān yuè fēi dài lǐng rén mǎ huí le
关。岳飞带领人马回了
tán zhōu
潭州。

wù zhú chéng chuán yán jiāng táo
兀术乘船沿江逃
zǒu nà xiē zài jiàn kāng bài tuì de
走，那些在建康败退的
bīng jiàng zhàn chuán jí táo sàn de shì
兵将、战船及逃散的士
bīng lù xù gǎn lái huì hé wù zhú
兵陆续赶来会合，兀术

岳飞率兵到了江边，看到兀术已乘船逃走

fēn fù jiāng chuán kào àn qīng diǎn bài bīng cán mǎ zǒng gòng bú dào sì wǔ wàn zhàn chuán bú
吩咐将船靠岸，清点败兵残马，总共不到四五万，战船不
dào wǔ liù bǎi zhī xiǎng qǐ chū rù zhōng yuán shí zì jǐ shǒu xià yǒu xióng bīng shí wàn zhàn
到五六百只，想起初入中原时，自己手下有雄兵十万，战
jiàng shù bǎi míng qì tūn shān hé rěn bu zhù fàng shēng tòng kū wù zhú yòu cháo jiāng běi wàng
将数百名，气吞山河，忍不住放声痛哭。兀术又朝江北望
qù jiàn hán shì zhōng de zhàn chuán mián yán shù shí lǐ qí fān piāo dòng lóu lǔ xiāng lián
去，见韩世忠的战船，绵延数十里，旗幡飘动，楼橹相连
rú tóng chéng qiáng yì bān jiāng miàn shang hái yǒu bǎi yú zhī hán shì zhōng de xiǎo chuán xíng dòng
如同城墙一般，江面上还有百余只韩世忠的小船，行动
líng huó bù shí fā chū gōng jiàn liú shǐ hán jūn shuǐ yíng de hǎi qiū jiàn wéi qiáng gāo èr shí
灵活，不时发出弓箭流矢。韩军水营的海鳅舰，桅墙高二十
duō zhàng pái de mì bú tòu fēng zhèng zhōng yāng pái zhe dà gǔ qí hào yì gǎn dà qí suí
多丈，排得密不透风，正中央排着大鼓旗号，一杆大旗随
fēng piāo yáng wù zhú liào xiǎng hěn nán tū chū chóng wéi jūn shī xiàng wù zhú jiàn yì jīn shān
风飘扬。兀术料想很难突出重围。军师向兀术建议，金山
lí zhè er hěn jìn shān shang yǒu zuò lóng wáng miào jū gāo lín xià zhèng kě yǐ tiào wàng
离这儿很近，山上有座龙王庙，居高临下，正可以眺望
kàn yīng gāi xiān dào shān
看，应该先到山
shang qù chá tàn yí xià
上去查探一下
duì fāng xū shí
对方虚实。
hán shì zhōng jiàn
韩世忠见
jīn bīng zhā yíng zài huáng
金兵扎营在黄
tiān dàng biàn mìng lìng
天荡，便命令
zhòng jiàng wù zhú jí
众将：“兀术急
yú tū chū chóng wéi
于突出重围，

韩世忠见金兵扎营在黄天荡，便给众将布置任务

jīn wǎn yí dìng huì lái tōu kuī wǒ jūn yíng zhài xiàn lìng sū dé shuài bīng mái fú zài lóng wáng
今晚一定会来偷窥我军营寨。现令苏德率兵埋伏在龙王
miào jīn bīng lái le biàn léi gǔ gào shì hán yàn zhí shuài bīng mái fú zài lóng wáng miào zuǒ cè
庙，金兵来了便擂鼓告示；韩彦直率兵埋伏在龙王庙左侧，
tīng jiàn gǔ xiǎng shēng lì jí chū bīng qín ná hán shàng dé lǐng bīng mái fú zài nán àn jié zhù
听见鼓响声立即出兵擒拿；韩尚德领兵埋伏在南岸，截住
tā de tuì lù zhè biān gāng ān pái tuǒ dang nà biān wù zhú yě kāi shǐ xíng dòng le wù
他的退路。”这边刚安排妥当，那边兀术也开始行动了。兀
zhú jūn shī hé huáng bǐng nú sān rén yì qí chéng chuán kào àn hòu qiāo qiāo lái dào jīn shān
术、军师和黄柄奴三人一齐乘船，靠岸后悄悄来到金山
shang wù zhú děng cóng lóng wáng miào fǔ kàn guǒ rán yì lǎn wú yú duì miàn hán shì zhōng shuǐ
上。兀术等从龙王庙俯瞰，果然一览无余，对面韩世忠水
yíng de dēng huǒ qīng xī kě jiàn wù zhú děng zhèng yào xì guān zhǐ tīng jiàn yí zhèn gǔ shēng
营的灯火清晰可见。兀术等正要细观，只听见一阵鼓声，
cóng miào li shā chū yì bǎi duō rén lái wù zhú sān rén xià de hún bù shǒu shè zhèng yào lè
从庙里杀出一百多人来。兀术三人吓得魂不守舍，正要勒
mǎ huí qù cóng miào cè yòu shā chū yì zhī rén mǎ lái wéi shǒu de zhèng shì hán yàn zhí
马回去，从庙侧又杀出一支人马来，为首的正是韩彦直。
wù zhú sān rén jīng de fēi mǎ xià shān qǐ liào shān lù qí qū yí gè jīn jiàng shī zú diē
兀术三人惊得飞马下山，岂料山路崎岖，一个金将失足跌
xià mǎ lái hán yàn zhí jǔ qiāng biàn cì wù zhú gǎn guò lái yòng fǔ dǎng kāi yǔ hán yàn zhí
下马来，韩彦直举枪便刺，兀术赶过来用斧挡开，与韩彦直
dà zhàn qí yú èr rén chéng jī táo tuō jīn jiàng hé hēi tà jiē yìng shàng chuán wù zhú yǔ
大战。其余二人乘机逃脱，金将何黑闼接应上船。兀术与
hán yàn zhí zhàn le bú dào qī bā gè huí hé jiù bèi hán yàn zhí huó zhuō
韩彦直战了不到七八个回合，就被韩彦直活捉。

hán yàn zhí jiāng wù zhú dài huí yíng zhōng hán shì zhōng yì yǎn kàn chū zhè ge wù zhú
韩彦直将兀术带回营中，韩世忠一眼看出这个兀术
shì jiǎ de biàn dà hè dào nǐ shì shén me rén gǎn mào chōng wù zhú lái piàn wǒ nà
是假的，便大喝道：“你是什么人，敢冒充兀术来骗我？”那
rén zì chēng shì jīn guó yuán shuài huáng bǐng quán jūn shī wèi fáng bèi sòng jūn yǒu guǐ jì gù
人自称是金国元帅黄柄权，军师为防备宋军有诡计，故
ràng tā qiáo zhuāng tài zǐ mú yàng hán shì zhōng xià lìng jiāng tā zàn shí yā wǎng hòu yíng jiān
让他乔装太子模样。韩世忠下令将他暂时押往后营监

jìn huí tóu duì hán yàn zhí yán dào nǐ zhòng le tā de jīn chán tuō qiào zhī jì yǐ
禁，回头对韩彦直言道：“你中了他的‘金蝉脱壳之计’，以
hòu yí dìng děi xiǎo xīn hán yàn zhí tīng hòu mèn mèn bù lè de huí hòu cāng qù le
后一定得小心！”韩彦直听后闷闷不乐地回后舱去了。

liáng hóng yù tīng shuō wù zhú táo tuō le biàn tí xǐng hán shì zhōng wù zhú liáng cǎo
梁红玉听说兀术逃脱了，便提醒韩世忠：“兀术粮草
bù duō bì dìng jí yú chè jūn tā liào xiǎng wǒ men jīn yè xiǎo shèng wú yì shè fáng bì
不多，必定急于撤军。他料想我们今夜小胜，无意设防，必
dìng lái tōu xí tū wéi rú guǒ wù zhú zhǐ fēn pài yí bù fen rén yǔ wǒ men jiāo zhàn qiān
定来偷袭突围。如果兀术只分派一部分人与我们交战，牵
zhì zhù wǒ men ér lìng yí bù fen zé chéng jī dù jiāng táo tuō nà wǒ men kě jiù gù dé
制住我们，而另一部分则乘机渡江逃脱，那我们可就顾得
liǎo tóu gù bù liǎo wěi le shí fēn bèi dòng bù rú zuò cǐ ān pái jiāng jūn hé hái zi men
了头顾不了尾了，十分被动，不如作此安排：将军和孩子们
shuài bīng sì miàn jié shā wǒ zé guǎn lǐng zhōng jūn shuǐ yíng bù zhèn fáng shǒu zhōng jūn dà
率兵，四面截杀，我则管领中军水营，布阵防守；中军大
yíng wéi gān shang shù qǐ liào wàng lóu wǒ qīn zì shàng qù léi gǔ zhǐ huī yǐ qí gǔ wéi
营桅杆上竖起瞭望楼，我亲自上去擂鼓指挥。以旗鼓为
hào gǔ xiǎng zé jìn gǔ tíng zé shǒu jīn bīng wǎng nán lìng qí zhǐ nán jīn bīng wǎng běi
号，鼓响则进，鼓停则守，金兵往南，令旗指南，金兵往北，
lìng qí zhǐ běi hán shì zhōng tīng le lián zàn miào jì yí qiè yī liáng hóng yù de jì huà
令旗指北。”韩世忠听了连赞妙计，一切依梁红玉的计划
bù shǔ liáng hóng yù pī guà tíng dang qīn zì dào zhōng jūn ān pái yí qiè àn yù xiān jì
布署。梁红玉披挂停当，亲自到中军安排，一切按预先计
huà bù zhì tuǒ dang
划布置妥当。

dào le chū gēng shí fēn liáng hóng yù lìng yì yuán jiā jiàng zhuān sī qí hào zì jǐ pān
到了初更时分，梁红玉令一员家将专司旗号，自己攀
zhe yún tī dēng shàng liào wàng lóu tā zhàn zài lí shuǐ miàn èr shí duō zhàng de liào wàng lóu shang
着云梯登上瞭望楼。她站在离水面二十多丈的瞭望楼上
yuǎn tiào jīn yíng zhǐ jiàn jīn yíng yí dòng yí jìng yí mù liǎo rán jiāng miàn réng jiù píng jìng rú
远眺金营，只见金营一动一静一目了然，江面仍旧平静如
chū zhí dào sān gēng hòu jīn yíng li cái yǒu rén yǐng rú dòng liáng hóng yù mìng lìng jiàng shì zhǔn
初，直到三更后，金营里才有人影蠕动。梁红玉命令将士准

bèi hǎo pào jiàn gōng nú
备好炮箭弓弩，
zhǐ děng jīn bīng lín jìn yì
只等金兵临近一
qí fàng shè tā yòu fēn
齐放射。她又吩
fù sān jūn zhǐ xǔ yǎ
咐三军只许哑
zhàn bù xǔ nà hǎn
战，不许呐喊。
wù zhú de sì wàn
兀术的四万
jīn bīng tīng shuō chèn yè guò
金兵听说趁夜过
jiāng yí gè ge mó dāo
江，一个个磨刀

梁红玉视察营地，吩咐大家照自己的指挥行事

niān jiàn méi fēi sè wǔ dào le sì gēng jīn bīng yǐ hú shào wéi lìng qiāo qiāo jià zhe wǔ
拈箭，眉飞色舞。到了四更，金兵以胡哨为令，悄悄驾着五
bǎi hào zhàn chuán xiàng jiāo shān jìn fā yí guò jiāo shān jīn bīng jiù měng jìn chōng guò lái
百号战船，向焦山进发。一过焦山，金兵就猛劲冲过来，
hǎn shēng xiǎng chè yè kōng kě sòng yíng li què qiāo wú shēng xī wù zhú zhèng zài chuán shang yí
喊声响彻夜空，可宋营里却悄无声息。兀术正在船上疑
huò bú dìng hū rán tīng de yì shēng pào xiǎng jiàn rú jí yǔ bān shè guò lái wù zhú jí
惑不定，忽然听得一声炮响，箭如急雨般射过来。兀术急
máng xià lìng tuì jūn yòu tīng jiàn yí zhèn pào shēng hōng míng jīn bīng chuán zhī shà shí bèi dǎ
忙下令退军，又听见一阵炮声轰鸣，金兵船只霎时被打
de sì fēn wǔ liè liáng hóng yù zài liào wàng lóu shang kàn de zhēn zhēn qiè qiè lì kè qiāo qǐ
得四分五裂。梁红玉在瞭望楼上看得真真切切，立刻敲起
zhàn gǔ hào qí shang yě guà qǐ dēng long wù zhú xiàng běi hào qí yě xiàng běi wù zhú xiàng
战鼓，号旗上也挂起灯笼，兀术向北，号旗也向北，兀术向
nán hào qí yě xiàng nán hán shì zhōng jí liǎng wèi gōng zǐ shuài lǐng yóu bīng zhào zhe hào qí
南，号旗也向南。韩世忠及两位公子率领游兵，照着号旗
de zhǐ yǐn jié shā jīn jūn zuǒ yòu chōng shā jiù shì shā bù chū qù yǎn kàn tiān sè jiàn
的指引截杀。金军左右冲杀，就是杀不出去。眼看天色渐

梁红玉在桅杆上一边监视金兵船队的行动，一边敲起战鼓，指挥作战

明，韩世忠便从正面进攻，韩尚德从东杀来，韩彦直由西冲来，兀术哪里抵挡得住这三面夹攻，那些金兵溺死的溺死，伤残的伤残，死伤不计其数。兀术见自己的部队伤亡惨重，知道难以渡江，只得向黄天荡撤退。

# 第二十回　兀术战败逃脱

wù zhú zhàn bài tuì rù huáng tiān dàng hòu yīn bù shú xī dào lù biàn pài rén zhǎo le
　　兀术战败退入黄天荡后，因不熟悉道路，便派人找了
liǎng gè dāng dì de yú fū lái wèn lù nà yú fū shuō wǒ men shì jū zài cǐ zhè lǐ
两个当地的渔夫来问路。那渔夫说：“我们世居在此，这里
míng jiào huáng tiān dàng shì yì tiáo sǐ gǎng zhǐ yǒu jìn lù méi yǒu chū lù wù zhú yì
名叫黄天荡，是一条死港，只有进路没有出路。”兀术一
tīng shì tiáo sǐ gǎng jí de xiàng zhī rè guō shang de mǎ yǐ jūn shī jiàn yì xiū shū yì
听是条死港，急得像只热锅上的蚂蚁。军师建议修书一
fēng yǔ hán shì
封，与韩世
zhōng jiǎng hé
忠讲和，
wù zhú yǔn xǔ
兀术允许
le dàn hán shì
了。但韩世
zhōng jiàn le xiū
忠见了修
shū lì kè bǎ
书，立刻把
sòng shū xìn de
送书信的
rén mà le huí
人骂了回
qù bìng jiào wù
去，并叫兀

兀术向渔民打听黄天荡这一带的情况

术休要妄想，兀术束手无策，只得下令拼杀过去。

韩世忠料定兀术会拼死夺路，通令全军：“如果金兵出来，不许交战，只用大炮、硬弩射击，把他们打回去。”傍晚，兀术果然带着众将杀了过来，可宋军守得如铁桶一般，拼尽力气，根本冲不出去。兀术索性停了船，请韩世忠露面讲话。韩世忠传令将战船分成三营，营头上都排满弩弓炮箭，十分雄伟壮观。兀术也独坐一条大船，身边都是金兵将领。兀术求降道：“我愿对天发誓，从今以后与大宋和好，永不再犯，请元帅放我们回国吧！”韩世忠厉声驳斥道：“你若想回去，除非送回我徽、钦二帝，退回所占领土，否则休想！”说完，他便传令掉转船头回营了。

兀术见韩世忠没有讲和的意思，而自己又突围不出江口，只得退回黄天荡，军师献计说：“不如张贴榜文来试试。如有人能解除此危难，就赏他黄金千两。重赏之下，必有勇夫。”兀术依言叫人贴出榜文，悬赏重金解困。

却说黄天荡附近有一个穷秀才，一天到晚总想着功名利禄，因为屡考不中，总是怨天尤人。这天外出，他见榜

wén shang de xuán shǎng shí
文上的悬赏十
fēn yòu rén biàn chèn wǎn
分诱人，便趁晚
shang xīng yuè wú guāng
上星月无光，
méi rén shí jiē le bǎng
没人时揭了榜。
jīn bīng biàn dài zhe xiù
金兵便带着秀
cái lái jiàn wù zhú xiù
才来见兀术。秀
cái gào sù wù zhú
才告诉兀术：
zhè er wǎng běi shí yú
“这儿往北十余

秀才见榜上的悬赏十分诱人，便趁晚上无人时揭了榜

lǐ jiù shì lǎo guàn hé yuán lái yǒu hé dào xiāng tōng xiàn zài yǐ bèi ní shā yū sè le zhǐ
里就是老鹳河，原来有河道相通，现在已被泥沙淤塞了。只
yào mìng jūn shì wā jué ní shā yǐn qín huái hé de shuǐ tōng hé jiù kě yǐ zhí dá jiàn
要命军士挖掘泥沙，引秦淮河的水通河，就可以直达建
kāng wù zhú wén cǐ lián shēng chēng xiè xiù cái dé le shǎng cì xīn xǐ de lí kāi le
康！”兀术闻此连声称谢。秀才得了赏赐，欣喜地离开了。

wù zhú chuán lìng quán jūn jué shā yǐn shuǐ liǎng wàn yú jīn bīng tóng xīn xié lì huī hàn
兀术传令全军掘沙引水，两万余金兵同心协力，挥汗
rú yǔ zhǐ yí yè gōng fu jiù jué kāi le sān shí yú lǐ dǎ tōng le lǎo guàn hé wù
如雨，只一夜工夫，就掘开了三十余里，打通了老鹳河。兀
zhú dài lǐng suǒ yǒu jīn bīng lián yè táo chū le huáng tiān dàng dào dá ān quán dì dài hòu qì
术带领所有金兵连夜逃出了黄天荡，到达安全地带后，弃
chuán shàng àn zhí bèn jiàn kāng qù le
船上岸，直奔建康去了。

hán shì zhōng zì rèn wéi wù zhú jìn le sǐ gǎng jué wú shēng huán de kě néng pài rén
韩世忠自认为兀术进了死港，决无生还的可能，派人
jiǔ shǒu jiāng kǒu zhǐ děng wù zhú duàn jué liáng cǎo chōng chū shuǐ gǎng shí zài chéng shì jiǎo
久守江口，只等兀术断绝粮草，冲出水港时，再乘势绞

杀。梁红玉几次劝他不可疏忽大意，韩世忠不听。宋兵在江口守了十几天，看不见金兵的动静，慌忙告知韩世忠。韩世忠大惊失色，立即派哨兵去打探，才知道金兵全部逃脱，只得慌忙传令三军转往汉阳江口。

兀术从建康逃到天长关，一路畅通无阻，未遇到任何伏兵，正在扬扬得意之际，只听见一声炮响，从树林里突然涌出三千多人马来，为首的是一员小将。那小将厉声喝道："小将岳云在此等候多时，兀术快快下马受缚！"说完飞马来擒兀术。兀术转身便逃，并偷偷地跟身边的人换了装束。岳云快马追上去，假兀术从人群中

兀术逃到天长关，被岳云截住去路

冲出来，挥着金雀斧与岳云战了数十个回合，便体力不支，被岳云擒住。几个金将见主将被擒，拼命杀出重围，向北而逃。宋军追过去一阵狠杀，金兵非死即降，只剩下三百六十人逃回了金国！

岳云活捉了兀术，十分兴奋，连夜马不停蹄地押回大营报功。岳飞听说金兵掘通老鹳河逃脱了，正在叹息。忽又有营门官来报："公子擒了兀术回兵。"岳飞听了喜出望外，忙令押进营来。假兀术进了营，岳飞仔细一看，不是兀术，大声喝道："你是何人？从实招来！"假兀术说："我是金国将军高太保，愿代狼主受死！"岳飞拍案大怒，命人拖出去砍了。岳飞转身怒责岳云："此番又中了他的'金蝉脱壳'之计！你大意麻痹，致使兀术再次逃脱，绑出去砍了！"众将纷纷求情，岳飞才免了他死罪，传令将他绑在营门前示众，以警再犯。

这天，韩世忠恰好来见岳飞，约岳飞同到行营见驾，见岳云被绑在门口，正欲要问，被岳飞迎入帐内。岳、韩两位元帅寒暄后，韩世忠问："公子为何被绑在门外？"岳飞叹

韩世忠来见岳飞，见岳云被绑在营门口

le kǒu qì shuō wǒ lìng tā shǒu zhù tiān cháng guān bù xiǎng tā cuò ná le gè jiǎ wù zhú lùn jūn fǎ gāi zhǎn jīng zhòng jiàng qiú qíng cái ràng tā yuán mén shì zhòng

了口气说："我令他守住天长关，不想他错拿了个假兀术，论军法该斩，经众将求情，才让他辕门示众。"

hán shì zhōng tīng le shí fēn cán kuì xīn zhōng àn àn pèi fú yuè fēi jūn lìng yán míng quàn dào jīn rén shí fēn jiǎo huá fáng bú shèng fáng běn shuài shàng qiě shī suàn bèi tā táo tuō qǐng yuán shuài cóng kuān chǔ lǐ shì fàng lìng láng

韩世忠听了十分惭愧，心中暗暗佩服岳飞军令严明，劝道："金人十分狡猾，防不胜防，本帅尚且失算，被他逃脱，请元帅从宽处理，释放令郎。"

yuè fēi jiàn hán shì zhōng shuō qíng biàn xià lìng sōng bǎng le yuè yún yuè yún jìn zhàng xiè guò fù qīn hé hán yuán shuài liǎng wèi yuán shuài yòu shāng yì le yì qǐ bān shī huí cháo de shí jiān hé lù xiàn jué dìng le zhī hòu hán shì zhōng biàn qǐ shēn gào cí

岳飞见韩世忠说情，便下令松绑了岳云。岳云进帐谢过父亲和韩元帅。两位元帅又商议了一起班师回朝的时间和路线，决定了之后，韩世忠便起身告辞。

# 第二十一回 秦桧叛国返宋

岳飞、韩世忠击溃了金兵的进犯，黄河两岸渐渐恢复安定。高宗惧怕金兵再来建康，不顾众臣劝阻，将国都迁到了临安。

再说兀术带着残兵败将逃回金国黄龙府，见了父亲完颜阿骨打，下跪请罪。阿骨打因为长子粘罕死在中原，六七十万人马损失殆尽，十分恼怒，命人将兀术推出去斩了。文臣武将纷纷跪下替兀术求情。阿骨打念在他攻打中原不易，下令饶他不死，责令他重新招兵买马，再次南下，将功折罪，夺取宋朝江山。

兀术回府后，从未忘记中原之耻。一天，兀术问哈迷蚩："我们初入中原时，所向披靡，大败宋军。为何这岳飞出现以后，我便一败涂地，全师尽丧呢？"哈迷蚩道："狼主先前得胜，是因为有宋朝奸臣做内应。现在您将张邦昌

军师哈迷蚩给兀术分析他失败的原因

这些降臣奸臣都给杀了，这么一来谁还敢投靠我大金国？”兀术觉得言之有理，便问：“如今到哪里去找这样的奸臣呢？”哈迷蚩道：“奸臣倒还是有一个。当初跟随赵佶父子到此的有五位大臣，其中四个都是铁骨铮铮的硬汉，唯有秦桧苦苦哀求才留下条性命，一直流落在金国。狼主可以派人去把他找来，对他略施恩惠。时间久了之后，他必然心生感激，到时候您再多送些金银给他，叫他回国做奸细。这样一来，您想得到宋室江山还不是易如反掌。”兀术听了，连声称：“好计策！”立即派人四处打听秦桧的下落。

却说那秦桧夫妻二人，自从被掳到金国以后，再三哀求，极尽谄媚，才留了条性命，被阿骨打赶到贺兰山边的草营内服侍看马的金兵。后来看马的金兵死了，他夫妻两个又流落到了山下，每天靠王氏给那些金兵们缝补洗浆，勉强糊口度日。

这天，兀术带领着一群金将到贺兰山打猎取乐，途中远远望见一个南方装束的妇人，惊慌失措地躲到林子里去。兀术很奇怪，便派人去林子里搜查，带出来一个妇人。兀术见那妇人神色可疑，便下令带回府中审问。妇人说："奴家王氏，丈夫是宋朝状元秦桧，随着二帝到这儿。狼主将二帝迁到五国城之后，奴家与丈夫流落在此。"兀术听说她丈夫是秦

兀术抓来了秦桧的夫人，向她打听秦桧的下落

huì gāo xìng de shuō dào wǒ jiǔ wén nǐ zhàng fu xué shí yuān bó zhèng yào qǐng tā zuò gè
桧。高兴地说道：“我久闻你丈夫学识渊博，正要请他做个
cān móu lái rén sù sù bèi mǎ qù qǐng
参谋。来人，速速备马去请！”

jīn bīng lái dào hè lán shān xià qǐng lái qín huì qín huì jiàn le wù zhú lì jí bì
金兵来到贺兰山下，请来秦桧。秦桧见了兀术立即毕
gōng bì jìng de kòu tóu qǐng ān wù zhú qǐng tā rù shàng zuò qín huì bù gǎn wù zhú shuō
恭毕敬的叩头请安。兀术请他入上座，秦桧不敢，兀术说：
wǒ yí zhí yǎng mù nǐ de cái huá yīn yí xiàng chū zhēng dǎ zhàng méi jī huì yǔ nǐ xiāng
“我一直仰慕你的才华，因一向出征打仗，没机会与你相
jiàn yí xù jīn tiān ǒu rán xiāng yù yě suàn yuán fèn wǒ shēn biān zhèng hǎo quē shǎo yí gè
见一叙。今天偶然相遇，也算缘分，我身边正好缺少一个
cān móu nǐ fū qī èr rén yǐ hòu jiù zhù zài wǒ fǔ zhōng yě fāng biàn wǒ suí shí qǐng
参谋，你夫妻二人以后就住在我府中，也方便我随时请
jiào qín huì lián máng guì dì kòu tóu xiè ēn fū fù liǎ dàng yè biàn zài wù zhú fǔ zhōng
教。”秦桧连忙跪地叩头谢恩。夫妇俩当夜便在兀术府中
ān dùn xià lái wù zhú pài rén gěi tā men sòng le xiē xīn yī fu měi tiān hái hǎo jiǔ hǎo
安顿下来。兀术派人给他们送了些新衣服，每天还好酒好
fàn zhāo dài zhe qín huì fū
饭招待着。秦桧夫
fù xiǎng shòu zhè xiē hòu dài
妇享受这些厚待，
gǎn jī bú jìn zǎo bǎ sòng
感激不尽，早把宋
cháo wàng de yì gān èr jìng
朝忘得一干二净。

shí guāng rěn rǎn guò
时光荏苒，过
le yì nián yǒu yú hū rán
了一年有余。忽然
yǒu yì tiān wù zhú wèn tā
有一天，兀术问他
men nǐ men xiǎng huí jiā
们：“你们想回家

兀术招待秦桧夫妇，他们非常感激兀术的大恩

去吗？”秦桧说：“承蒙狼主抬举，一直好酒好肉优待，怎么还想回家？”兀术说：“落叶归根，思亲念旧是人之常情，哪有不想之理。如果你们想念家乡，我可以派人送你们回国。”秦桧见兀术有意送自己回国，大致猜到了他的心思，便改口说：“如果能回去祭拜祖坟，必当感恩不尽。”兀术说：“这有何难！你马上前往五国城，讨了赵佶父子的亲笔诏书来，好混过中原关口。”秦桧听出了兀术的语意，满口答应。立即辞别兀术，去往五国城。

秦桧在五国城见了徽、钦二帝，拿到诏书。第二天，兀术带领文武官员前来为二人饯行。一路上三十里一营，五十里一寨，迎接他们安歇，秦桧夫妇更加感激涕零。在离潞州不远的地方，兀术又一次在帐中摆酒为他们送别。席上，兀术话中有话，说道：“先生回到中原，如果享了富贵，可不要忘记我呀。”秦桧赶紧回答说：“如果有机会执掌重权，我一定将宋室江山拱手送给狼主。”兀术大喜，说：“已到潞州，我不便再远送！”秦桧这才拜别兀术，上马往潞州去了。

秦桧回到宋朝，向高宗递上徽、钦二帝的诏书

qín huì fū
秦桧夫
fù shǒu zhí èr dì
妇手执二帝
zhào shū yí lù
诏书，一路
chàng xíng wú zǔ
畅行无阻，
méi jǐ rì biàn dào
没几日便到
le lín ān gāo
了临安。高
zōng tīng shuō qín huì
宗听说秦桧
dài yǒu èr dì zhào
带有二帝诏
shū huí guó lì
书回国，立
jí xuān jìn diàn
即宣进殿。

gāo zōng jiē le zhào shū jiàng zhǐ dào qīng jiā cóng wài bāng huí cháo dài lái èr shèng de xiāo
高宗接了诏书，降旨道：“卿家从外邦回朝，带来二圣的消
xi zhēn shì kě xǐ kě hè kuàng qiě qīng jiā zài wài bǎo hù èr shèng duō nián huàn nàn bú
息，真是可喜可贺，况且卿家在外保护二圣多年，患难不
biàn zhèn fēng nǐ wéi lǐ bù shàng shū fēng nǐ qī wáng shì wèi èr pǐn fū rén qín huì kòu
变，朕封你为礼部尚书，封你妻王氏为二品夫人。”秦桧叩
tóu xiè ēn tuì cháo jìn lǐ bù yá mén kāi shǐ gōng zuò
头谢恩退朝，进礼部衙门开始工作。

# 第二十二回 杨再兴勇殉难

秦桧回国后，游说高宗与金国，在绍兴十一年（1141年）签订了和约，规定东起淮水、西至大散关以北的土地归金朝统治，每年向金输纳岁币，宋朝由此换来了一段短暂的和平。

高宗本来就是个奢侈腐化的皇帝，在秦桧的怂恿下，每天在宫中歌舞升平，更加无心理政。朝廷这样黑暗，老百姓苦到衣不蔽体的程度，一些有志之士纷纷起义，杨继业的后人杨再兴聚集了几千人，盘据在山东九龙山，声势最为浩大。朝庭几次发兵征讨九龙山，都被杨再兴打退。

高宗闻此消息忧心忡忡，只得再次任用岳飞，命他到山东剿灭杨再兴。大军到了九龙山后，岳飞认为杨再兴是个义士，准备收复他，便与他单打独斗。杨再兴被岳飞的诚意感动，虽败却心悦臣服，被收入军中。

杨再兴被岳飞感动，虽败却甘愿臣服，被收入军中

随后，岳飞又奉旨到洞庭湖一带剿灭了水寇杨幺，还收纳了杨幺部下的伍尚志、罗延庆、严成方、王佐等几名悍将。

话说那兀术自从吃了败仗逃回黄龙府后，几年时间内又重新整顿了军队，扬言有二百多万，再次气焰嚣张地来侵犯中原，没多久就到了汴京朱仙镇。岳元帅得到消息，命令杨再兴率兵五千，为第一先锋队，速去救援朱仙镇。又命令岳云为第二队，也领五千人马，赶往朱仙镇待命。随后又命令严成方、何元庆、余化龙、罗延庆、伍尚志依次各带精兵五千，到朱仙镇接应。岳元帅与韩元帅领三十万大军，随后也赶往朱仙镇。

zhè shí zhèng zhí hán dōng biàn jīng yí dài běi fēng lǐn liè dà xuě fēn fēi dì yī xiān
这时正值寒冬，汴京一带北风凛冽，大雪纷飞。第一先
fēng duì yáng zài xīng de rén mǎ mào xuě zǒu le liǎng tiān liǎng yè lái dào lí zhū xiān zhèn bù yuǎn
锋队杨再兴的人马冒雪走了两天两夜，来到离朱仙镇不远
de dì fang zāo yù le jīn bīng dà duì rén mǎ
的地方，遭遇了金兵大队人马。

yáng zài xīng zhuǎn shēn jiàn zì jǐ de wǔ qiān rén mǎ yóu yú zhòu yè jiān chéng de gǎn
杨再兴转身，见自己的五千人马由于昼夜兼程地赶
lù zǎo yǐ rén kùn mǎ fá xīn xiǎng dí qiáng wǒ ruò rú guǒ jiāo zhàn kǒng pà nán yǐ
路，早已人困马乏，心想：敌强我弱，如果交战，恐怕难以
zhāo jià biàn chuán lìng sān jūn jiù dì ān yíng zhā zhài xiū xi ér tā zì jǐ zé duǎn yī dú
招架，便传令三军，就地安营扎寨休息，而他自己则短衣独
mǎ chōng xiàng dí zhèn qù dǎ tàn xū shí
马冲向敌阵去打探虚实。

wù zhú jiāng zì jǐ de rén mǎ fēn wéi shí èr duì měi duì wǔ wàn rén mǎ shí jì
兀术将自己的人马分为十二队，每队五万人马，实际

杨再兴率领第一队先锋冒雪前往朱仙镇

shang gòng yǒu liù shí wǔ wàn rén mǎ suǒ wèi de èr bǎi wàn bú guò shì gù nòng xuán xū ér
上共有六十五万人马，所谓的二百万，不过是故弄玄虚而
yǐ jīn bīng suī duō dàn dà duō yì tīng yuè jiā jūn biàn wèi suō bù qián zhǐ yǒu jīn bīng li
已。金兵虽多，但大多一听岳家军便畏缩不前，只有金兵里
de sì yuán xiān fēng jù shuō yǒu wàn fū bù dāng zhī yǒng tā men fēn bié shì xuě lǐ huā nán
的四员先锋据说有万夫不当之勇，他们分别是雪里花南、
xuě lǐ huā běi xuě lǐ huā dōng xuě lǐ huā xī sì rén shì tóng bāo xiōng dì
雪里花北、雪里花东、雪里花西，四人是同胞兄弟。

yáng zài xīng pāi mǎ yáo qiāng chōng xià shān qù yíng miàn shàng lái le dì yī duì de xiān
杨再兴拍马摇枪冲下山去，迎面上来了第一队的先
fēng xuě lǐ huā nán tā jí zhōng jīng lì zhí qǔ xuě lǐ huā nán yào hài xuě lǐ huā nán zhè
锋雪里花南。他集中精力，直取雪里花南要害。雪里花南这
yí lù wèi yù duì shǒu shí fēn xiāo zhāng jiàn yí gè sòng jiàng dú zì chōng lái yě jǔ qǐ
一路未遇对手，十分嚣张，见一个宋将独自冲来，也举起
tiě mén shuān dǎ guò lái gāng yì jiāo shǒu xuě lǐ huā nán zhǐ jué liǎng bì suān má tiě mén
铁门栓打过来。刚一交手，雪里花南只觉两臂酸麻，铁门
shuān tuō shǒu ér fēi yáng zài xīng jǐn gēn zhe yòng qiāng yì tiǎo jiāng xuě lǐ huā nán tiǎo luò xià
栓脱手而飞。杨再兴紧跟着用枪一挑，将雪里花南挑落下
mǎ jīn bīng jiàn zhǔ shuài yǐ sǐ lì jí sì chù bēn táo yáng zài xīng nǎ lǐ kěn fàng guò
马。金兵见主帅已死，立即四处奔逃。杨再兴哪里肯放过，
zhuī shàng qù yí zhèn měng shā táo de kuài de jīn bīng jiāng zhǔ shuài zhàn sǐ de xiāo xi bào dào
追上去一阵猛杀。逃得快的金兵将主帅战死的消息报到
dì èr duì xiān fēng xuě lǐ huā běi nà lǐ xuě lǐ huā běi chuǎi cè yáng zài xīng shì gè jìn
第二队先锋雪里花北那里，雪里花北揣测杨再兴是个劲
dí qiāo qiāo duǒ dào shù lín zhōng àn dì li fēi chū yì chā cì xiàng yáng zài xīng yáng zài
敌，悄悄躲到树林中，暗地里飞出一叉，刺向杨再兴。杨再
xīng yí gè jī líng dǒu dòng jiāng shéng yín zōng mǎ xiàng qián yí yuè xuě lǐ huā běi de fēi
兴一个机灵，抖动缰绳，银鬃马向前一跃，雪里花北的飞
chā cì zài le liǔ shù shang yáng zài xīng lè zhuǎn mǎ tóu fēi qiāng yí cì jiāng xuě lǐ huā
叉刺在了柳树上。杨再兴勒转马头，飞枪一刺，将雪里花
běi dāng xiōng cì sǐ zhè shí dì sān duì xiān fēng xuě lǐ huā dōng yǐ jīng gǎn dào tā de dāo
北当胸刺死。这时第三队先锋雪里花东已经赶到，他的刀
shàng wèi jǔ qǐ jiù bèi yáng zài xīng yì qiāng tiǎo zhòng jǐng bù fān shēn luò mǎ yáng zài xīng
尚未举起，就被杨再兴一枪挑中颈部，翻身落马！杨再兴

zuǒ tiāo yòu cì shā de nà xiē jīn bīng hú bēn shǔ cuàn méi mìng de táo zǒu sì duì xiān
左挑右刺，杀得那些金兵狐奔鼠窜，没命地逃走。四队先
xíng xuě lǐ huā xī wén bào fēi mǎ shàng lái yíng zhàn zhuàng zhe yáng zài xīng zhǐ yí gè
行雪里花西闻报，飞马上来迎战，撞着杨再兴，只一个
huí hé jiù bèi yáng zài xīng tiāo luò mǎ xià bú dào yí gè shí chen yáng zài xīng jiù bǎ
回合，就被杨再兴挑落马下！不到一个时辰，杨再兴就把
jīn guó sì yuán xiān fēng dà jiàng sòng jìn guǐ mén guān qù le jīn bīng bù zhī dào lái le duō
金国四员先锋大将送进鬼门关去了。金兵不知道来了多
shǎo xiàng zhè yàng de sòng cháo hàn jiàng quán dōu huāng zuò yì tuán zì xiāng jiàn tà sǐ zhě shù
少像这样的宋朝悍将，全都慌作一团，自相践踏，死者数
bú shèng shǔ
不胜数。

yáng zài xīng zài hòu miàn jǐn zhuī bù shě jiàn jīn bīng xiàng běi táo zǒu xīn xiǎng wǒ
杨再兴在后面紧追不舍，见金兵向北逃走，心想：我
wǎng cǐ chāo jìn lù qù jié zhù qí tuì lù shā tā gè quán jūn fù mò shéi zhī gāng zǒu bù
往此抄近路去截住其退路，杀他个全军覆没。谁知刚走不
yuǎn biàn yǒu yì tiáo hé zhè hé míng jiào xiǎo shāng hé hé shuǐ suī rán hěn qiǎn què mǎn shì
远，便有一条河，这河名叫小商河，河水虽然很浅，却满是
yū ní shuāi cǎo yì
淤泥衰草。一
chǎng dà xuě hé dào
场大雪，河道
quán bù bèi xuě fù gài
全部被雪覆盖
le gēn běn kàn bù
了，根本看不
qīng chǔ nà xiē jīn
清楚。那些金
bīng dōu zhī dào nà shì
兵都知道那是
xiǎo shāng hé qián biān
小商河，前边
yǒu zuò xiǎo shāng qiáo
有座小商桥，

杨再兴连挑金兵三位先锋

suǒ yǐ dōu wǎng xī běi fāng táo qù yáng zài xīng bù míng dǐ xì yòu zhuī dí xīn qiè zhǐ guǎn
所以都往西北方逃去。杨再兴不明底细，又追敌心切，只管
cuī mǎ wǎng qián zhǐ tīng jiàn pū chī yì shēng yáng zài xīng lián rén dài mǎ diē jìn le xiǎo shāng
催马往前。只听见扑哧一声，杨再兴连人带马跌进了小商
hé nà xiē jīn bīng jīn jiàng zài qiáo shang kàn de zhēn zhēn qiè qiè chèn jī wàn jiàn qí fā
河。那些金兵金将在桥上看得真真切切，趁机万箭齐发，
jiàn jiù xiàng dà yǔ yì bān cháo yáng zài xīng shè guò lái kě lián yáng zài xīng yì yuán měng jiàng
箭就像大雨一般朝杨再兴射过来。可怜杨再兴一员猛将，
jiù cǐ xùn nàn wù zhú jiàn yáng zài xīng yǐ sǐ chuán lìng huí yíng
就此殉难。兀术见杨再兴已死，传令回营。

yuè yún shuài dì èr duì yuán bīng gǎn dào shí yǐ shì huáng hūn tīng shuō yáng zài xīng wù
岳云率第二队援兵赶到时，已是黄昏，听说杨再兴误

杨再兴连人带马跌进了小商河

zǒu xiǎo shāng hé bèi jīn rén luàn jiàn shè sǐ bù jīn shī shēng bēi qì tā lì shì yào wèi
走小商河，被金人乱箭射死，不禁失声悲泣，他立誓要为
yáng zài xīng bào chóu xuě hèn yuè yún xiān chuán lìng sān jūn zhā xià yíng zhài suí hòu biàn pāi mǎ
杨再兴报仇雪恨。岳云先传令三军，扎下营寨，随后便拍马
yáo chuí dān qiāng pǐ mǎ chōng rù jīn yíng yuè yún wǔ dòng nà liǎng bǐng yín chuí féng rén biàn
摇锤，单枪匹马冲入金营。岳云舞动那两柄银锤，逢人便
dǎ shā de zhòng fān bīng luò huā liú shuǐ zhèn fǎ dà luàn méi yí huì er sòng jūn hòu xù
打，杀得众番兵落花流水，阵法大乱。没一会儿，宋军后续
de wǔ duì rén mǎ lù xù gǎn lái fēn fēn chōng jìn jīn yíng pīn shā dāo guāng jiàn yǐng shā
的五队人马陆续赶来，纷纷冲进金营拼杀，刀光剑影，杀
de jīn yíng xuè liú chéng hé bù jiǔ yuè fēi de dà jūn dào dá yī hé wéi jiè fàng pào
的金营血流成河。不久，岳飞的大军到达，依河为界，放炮
ān yíng liù wèi sòng jiàng zài jīn yíng li tīng jiàn pào xiǎng zhī dào dà jūn yǐ dào gèng shì jīng
安营。六位宋将在金营里听见炮响，知道大军已到，更是精
shén dǒu sǒu yì kǒu qì shā chū le jīn yíng yuè fēi tīng shuō yáng zài xīng zhàn sǐ bēi tòng wàn
神抖擞，一口气杀出了金营。岳飞听说杨再兴战死，悲痛万
fēn bèi xià jì lǐ qīn zì dào xiǎo shāng hé jì diàn
分，备下祭礼，亲自到小商河祭奠。

# 第二十三回 汤怀自杀殉国

兀术因这一仗损兵折将，正在苦闷，忽然想起秦桧回国已久，杳无音信，便修书一封，派人暗中送往临安。秦桧在朝中大权独揽，赵构对他百依百顺，最近又升为宰相，更加盛气凌人。这天，秦桧接到兀术的密信，信中说如果能除掉岳飞，将来夺得宋室江山，便让他得头功。正在这时，门外报说新科状元张九成求见。张九成是个抗金派，秦桧向来不喜欢他。秦桧眉头一皱，计上心来，他决定借机将张九成踢出朝廷。秦桧连忙将张九成迎进来，对他假意友善，还答应保他到岳飞营中抗金。张九成信以为真，几天之后，便欢天喜地的去朱仙镇找岳飞了。

岳飞为了和金兵决战，正在调兵遣将，听说皇上派了新科状元张九成来做参谋，便出营相接。岳飞见张九成一副文人打扮，十分疑惑，问道："您是状元，为何不随

cháo bǎo jià què lái zhè
朝保驾，却来这
er zuò cān móu zhāng jiǔ
儿做参谋？”张九
chéng dá dào zhǐ yīn wǒ
成答道：“只因我
jiā jìng pín kǔ méi yǒu
家境贫苦，没有
lǐ wù kě yǐ xiào jìng qín
礼物可以孝敬秦
chéng xiàng suǒ yǐ qín chéng
丞相，所以秦丞
xiàng bǎo jǔ le zhè ge guān
相保举了这个官
zhí yuè fēi fèn fèn de
职。”岳飞愤愤地

新科状元张九成奉旨来给岳飞当参谋，
岳飞问他为何不随朝保驾

duì zhòng rén shuō qǐ yǒu cǐ lǐ zěn me zhè yàng zhòng huì qīng cái tā jiàn zhāng jiǔ chéng
对众人说：“岂有此理！怎么这样重贿轻才！”他见张九成
xián shú tāo lüè dào yě shí fēn shǎng shí dà jiā zhèng zài xián tán hū bào shèng zhǐ dào
娴熟韬略，倒也十分赏识。大家正在闲谈，忽报圣旨到。
yuán shì gāo zōng mìng zhāng jiǔ chéng qián wǎng wǔ guó chéng qù wèn hòu huī qīn èr dì jí rì
原是高宗命张九成前往五国城去问候徽、钦二帝，即日
qǐ shēn
起身。

qīn chā zǒu hòu dà jiā yuàn shēng zài dào dōu shuō zhè nǎ shì shèng zhǐ míng bǎi
钦差走后，大家怨声载道，都说：“这哪是圣旨，明摆
zhe shì qín huì de jiān jì tā dú duàn zhuān xíng bìn chì yì jǐ zhāng zhuàng yuán yí jiè shū
着是秦桧的奸计。他独断专行，摈斥异己。张状元一介书
shēng jiào tā chōng guò qiān jūn wàn mǎ qù qǐ bú shì bái bái sòng sǐ yuè fēi chén sī bàn
生，叫他冲过千军万马去，岂不是白白送死！”岳飞沉思半
shǎng jiàn zhāng jiǔ chéng shǒu wò fú jié miàn bù gǎi sè xīn zhōng bù jīn àn àn qīn pèi
晌，见张九成手握符节，面不改色，心中不禁暗暗钦佩，
biàn wèn tā zhǔn bèi hé shí qǐ chéng zhāng jiǔ chéng shuō wǎn shēng jì yǒu wáng mìng zài shēn
便问他准备何时启程。张九成说：“晚生既有王命在身，

岳飞问哪位将军敢送钦差穿过金营，帐下
有人领令，岳飞一看，却是汤怀

zěn gǎn dān ge yuè
怎敢耽搁？”岳
fēi tīng cǐ biàn wèn
飞听此便问：
nǎ yí wèi jiāng jūn gǎn
“哪一位将军敢
sòng qīn chā chuān guò jīn
送钦差穿过金
yíng zhàng shang yǒu
营？”帐上有
rén yìng shēng lǐng lìng
人应声领令。
yuè fēi yí kàn què shì
岳飞一看，却是
tāng huái yuè fēi yǒu xiē
汤怀。岳飞有些
dān xīn kě tā zhǔ
担心，可他主
dòng qǐng mìng yě bù rěn zǔ lán biàn zhǔ fù shuō sòng qīn chāi guò le dí yíng nǐ sù sù
动请命，也不忍阻拦，便嘱咐说：“送钦差过了敌营，你速速
fǎn huí qiān wàn duō bǎo zhòng zhòng rén dōu zhī dào tā liǎ cǐ qù shēng sǐ nán liào biàn
返回，千万多保重！”众人都知道他俩此去生死难料，便
yì qí chū yíng yì zhí sòng zhì xiǎo shāng qiáo zhāng jiǔ chéng zhuǎn shēn duì yuè yuán shuài děng rén
一齐出营一直送至小商桥。张九成转身对岳元帅等人
shuō qǐng gè wèi dà rén huí yíng tāng huái yě duì yuè fēi shuō dào dà gē xiǎo dì qù
说：“请各位大人回营。”汤怀也对岳飞说道：“大哥，小弟去
le yuè fēi xīn zhōng tǎn tè bù ān zhèng yào huí huà dàn hóu zhōng yǔ sè zhǐ dé wàng
了！”岳飞心中忐忑不安，正要回话，但喉中语塞，只得望
zhe zhāng jiǔ chéng hé tāng huái qí mǎ yuǎn qù
着张九成和汤怀骑马远去。

tāng huái dài zhe zhāng jiǔ chéng lái dào jīn yíng wài jīn bīng jìn zhàng tōng bào wù zhú wù
汤怀带着张九成来到金营外，金兵进帐通报兀术。兀
zhú xīn xiǎng zhōng yuán jìng yǒu zhè děng zhōng chén shí zài kě jìng biàn chuán lìng xiān ràng chū yī
术心想：中原竟有这等忠臣，实在可敬！便传令先让出一

tiáo lù lái zài pài yì yuán dà jiàng dài lǐng wǔ shí míng jīn bīng sòng tā dào wǔ guó chéng
条路来，再派一员大将，带领五十名金兵，送他到五国城
qù tāng huái sòng zhāng jiǔ chéng chū le jīn yíng jīn bīng bǎo zhe zhāng jiǔ chéng jì xù qián xíng
去。汤怀送张九成出了金营，金兵保着张九成继续前行。
zhè shí wù zhú chuán lìng yí dìng yào zài tāng huái fǎn huí shí jiāng tā huó zhuō tāng huái sòng zǒu
这时兀术传令，一定要在汤怀返回时将他活捉。汤怀送走
zhāng jiǔ chéng hòu huí mǎ lái dào jīn yíng zhòng jīn bīng jiāng tā chóng chóng bāo wéi qí shēng
张九成后，回马来到金营，众金兵将他重重包围，齐声
quàn gào tā tóu xiáng tāng huái dà nù jǔ qiāng yǔ jīn bīng dà zhàn tāng huái de wǔ yì yuán
劝告他投降。汤怀大怒，举枪与金兵大战。汤怀的武艺原
běn píng cháng jīn bīng jīn jiàng yuè wéi yuè duō dāo qiāng jiàn jǐ yì qí shā lǒng guò lái tāng
本平常，金兵金将越围越多，刀枪剑戟一齐杀拢过来，汤
huái zhè biān yì dāo nà biān yì qiāng shā de hún shēn suān má jiàn jiàn nán yǐ dǐ dǎng xīn
怀这边一刀，那边一枪，杀得浑身酸麻，渐渐难以抵挡，心
xiǎng wǒ kěn dìng shā bù chū chóng wéi rú guǒ bèi jīn bīng ná zhù le nà shí shēng sǐ bù
想：我肯定杀不出重围，如果被金兵拿住了，那时生死不
dé fǎn shòu tā wǔ rǔ dào bù rú zì xíng liǎo duàn le ba dǎ dìng zhǔ yi tāng huái biàn
得，反受他侮辱，倒不如自行了断了吧！打定主意，汤怀便
yòng shǒu zhōng de qiāng gōu kāi cì xiàng tā de bīng qì dà hè dào zhù shǒu zhòng jīn jiàng yǐ wéi tā yào tóu xiáng yì qí shōu shǒu tāng huái xiàng zhe sòng jūn dà yíng de fāng xiàng dà hǎn dào yuán
用手中的枪勾开刺向他的兵器，大喝道：“住手！”众金将以为他要投降，一齐收手。汤怀向着宋军大营的方向大喊道：“元

汤怀送走张九成后被金兵围住，汤怀这边一刀，
那边一枪，杀的人困马乏，渐渐难以招架

shuài dà gē xiǎo dì jīn shēng zài yě bù néng jiàn dào nǐ le gè wèi xiōng dì men jīn rì
帅大哥，小弟今生再也不能见到你了！各位兄弟们，今日
ǎn tāng huái yǔ nǐ men yǒng bié le shuō wán tā diào zhuǎn qiāng tóu cì xiàng yān hóu
俺汤怀与你们永别了！”说完，他掉转枪头，刺向咽喉。

wù zhú tīng shuō tāng huái zì jìn fēn fù jiāng tā de shǒu jí guà zài yíng mén kǒu sòng
兀术听说汤怀自尽，吩咐将他的首级挂在营门口。宋
yíng bīng jiàng kàn jiàn tāng huái shǒu jí wú bù yǎn miàn kū qì yuè fēi dé dào xiāo xi gèng
营兵将看见汤怀首级，无不掩面哭泣，岳飞得到消息，更
shì fàng shēng dà kū sòng yíng lì jí bèi bàn jì lǐ yuè fēi yǔ zhòng jiàng miàn xiàng jīn yíng
是放声大哭。宋营立即备办祭礼，岳飞与众将面向金营
yáo jì tāng huái fā shì yào sǎo jìn jīn bīng zhí dǎo huáng lóng wèi tāng huái hé sòng cháo bǎi
遥祭汤怀，发誓要扫尽金兵，直捣黄龙，为汤怀和宋朝百
xìng bào chóu
姓报仇。

# 第二十四回 遇劲敌陆文龙

汤怀自刎报国的那天，正好一位叫陆文龙的金将来金营见兀术。这个陆文龙就是宋朝名将陆登之子。兀术初次进攻中原的时候，潞安州失守，守将陆登夫妻双双自杀殉国，当时其子陆文龙还在襁褓之中。兀术佩服陆登是个忠臣，将他的儿子收作义子，送到金邦抚养。时光飞逝，陆文龙已经十六岁了，在金国学得一身好武艺。他听说兀术在中原遇阻，就带了奶娘，从黄龙府赶到朱仙镇来助战。

陆文龙进帐见过兀术，问道："父王领兵挺进中原，时日已久，为何不直接发兵到临安，反在这儿扎营？"兀术唉声叹气地告诉他："前日杨再兴杀我四员大将后战死在小商河，岳云、严成方、何元庆等来踹营，伤了我无数兵将人马。对面有十二座营寨，这岳南蛮又擅用兵法，使为父不

陆文龙进账见过兀术，兀术连声叹息

néng qīng yì qián jìn
能轻易前进。”
lù wén lóng nián qīng qì
陆文龙年轻气
shèng fèn fèn bù píng
盛，愤愤不平
de shuō dào tiān sè
地说道：“天色
shàng zǎo dài ér chén
尚早，待儿臣
qián qù zhuō ná jǐ gè
前去，捉拿几个
nán mán lái yǔ fù wáng
南蛮来与父王
gāo xìng wù zhú tīng
高兴！”兀术听
le dà xǐ dīng zhǔ yì fān ràng tā lǐng bīng qián wǎng
了大喜，叮嘱一番让他领兵前往。

lù wén lóng dài lǐng jīn bīng guò le xiǎo shāng qiáo lái dào sòng yíng qián tǎo zhàn sòng yíng
陆文龙带领金兵过了小商桥，来到宋营前讨战。宋营
nèi shǎn chū liǎng yuán dà jiàng yí gè shì hū tiān qìng yí gè shì hū tiān bǎo hū tiān bǎo yì
内闪出两员大将，一个是呼天庆，一个是呼天保。呼天保一
mǎ dāng xiān jiàn yǎn qián de jīn jiàng cái shí liù qī suì shǒu lǐn liǎng gǎn liú jīn qiāng yīng zī
马当先，见眼前的金将才十六七岁，手拎两杆镏金枪，英姿
bó bó bù jīn àn àn zàn tàn hū tiān bǎo shuō wǒ shì yuè yuán shuài huī xià dà jiàng hū
勃勃，不禁暗暗赞叹。呼天保说：“我是岳元帅麾下大将呼
tiān bǎo nǐ xiǎo xiǎo nián jì hé kǔ lái shòu sǐ kuài qù jiào yí gè yǒu xiē nián jì de rén
天保。你小小年纪，何苦来受死！快去叫一个有些年纪的人
lái shěng de shuō wǒ shì qiáng líng ruò lù wén lóng hā hā dà xiào wǒ shì dà jīn guó
来，省得说我恃强凌弱！”陆文龙哈哈大笑：“我是大金国
chāng píng wáng de diàn xià lù wén lóng wǒ tīng shuō nǐ jiā yuè mán zi yǒu xiē néng nài tè lái
昌平王的殿下陆文龙。我听说你家岳蛮子有些能耐，特来
qín tā nǐ děng wēi bù zú dào hū tiān bǎo jiàn tā chū yán bú xùn bù jīn dà nù pāi
擒他，你等微不足道！”呼天保见他出言不逊，不禁大怒，拍

mǎ lūn dāo zhí qǔ lù wén lóng lù wén lóng zuǒ shǒu jǔ qiāng gōu kāi le dà dāo yòu shǒu chū
马抡刀，直取陆文龙。陆文龙左手举枪勾开了大刀，右手出
qiāng cháo hū tiān bǎo xiōng qián cì lái hū tiān bǎo lái bù jí duǒ bì zhèng zhòng xīn wō
枪，朝呼天保胸前刺来！呼天保来不及躲避，正中心窝，
diē xià mǎ lái hū tiān qìng jiàn zhuàng dǎ mǎ shàng qián huī dāo biàn kǎn lù wén lóng qí jǔ
跌下马来。呼天庆见状，打马上前，挥刀便砍。陆文龙齐举
shuāng qiāng shàng qián yíng zhàn zhàn bu dào shí gè huí hé lù wén lóng yòu yì qiāng bǎ hū
双枪，上前迎战。战不到十个回合，陆文龙又一枪，把呼
tiān qìng tiāo xià mǎ lái zài yì qiāng jié guǒ le xìng mìng
天庆挑下马来，再一枪，结果了性命。

呼天保大怒，拍马抡刀，直取陆文龙

岳飞听说二将阵亡，不禁洒泪。岳云、张宪、严成方、何元庆一齐上前，要求去擒拿金将。岳飞知道那金将身手不凡，便对他们说：“你们四人出阵，轮番上阵，每人与他用这种‘车轮战法’战几个回合。”四将领，出营上马，领兵来到阵前。岳云拍马上前与他交战，陆文龙刷的一枪刺来，岳云举锤架住，两人枪锤大战三十多个回合。严成方上来替下岳云，两人也战了三十多个回合。接着，何元庆又上来接战三十余个回合。之后张宪又拍马摇枪，刷刷刷一连几枪刺向陆文龙。陆文龙也不甘示弱，举起双枪左刺右挑。两人战了几十个回合，难分胜负。兀术见宋军实行“车轮战”，急令鸣金收兵。

第二天，陆文龙又来讨战。岳飞先命岳云、张宪等四人出马，又命余化龙同去压阵。岳云上前，抡锤便打，陆文龙举枪相迎。两人厮杀了三十来个回合，严成方又来接战。兀术恐怕陆文龙有意外，亲自带领众元帅、平章出营观战。兀术看见陆文龙与那五员宋将轮番交战，依然临危不惧，兴奋地频频喝彩。直到天色渐晚，宋营五将见战

岳云上前与陆文龙交战，两人大战三十多个回合

bu xià lù wén lóng nà hǎn yì shēng yì qí shàng qián wù zhú yě shuài lǐng qí tā jīn jiàng
不下陆文龙，呐喊一声，一齐上前，兀术也率领其他金将
yì qí chū mǎ zhè chǎng hùn zhàn yì zhí dǎ dào tiān hēi liǎng biān cái gè zì míng jīn shōu
一齐出马。这场混战一直打到天黑，两边才各自鸣金收
jūn yuè fēi jiàn wú rén néng dí lù wén lóng xīn zhōng shí fēn kǔ mèn fēn fù guà chū miǎn
军。岳飞见无人能敌陆文龙，心中十分苦闷，吩咐挂出免
zhàn pái
战牌。

# 第二十五回 王佐断臂假降

这晚，岳飞独自坐在后营，双眉紧锁。这时候，在宋军的另一营帐里，还有一位将军也思绪万千地睡不着，他就是原洞庭湖义军后已归宋抗金的王佐。

那晚，王佐在营中自斟自饮，心想：我自归顺以来，还没有立过功劳，应该想出一个计策来，上可报圣恩，下可分元帅之忧。王佐想了又想，猛然想起“要离断臂刺庆忌”的故事。我何不也自断手臂，混进金营诈降去，寻机刺死兀术陆文龙

王佐坐在帐中，一边喝酒一边想着计策

fù zǐ yě suàn dà gōng láo yí jiàn dǎ dìng zhǔ yi wáng zuǒ yòu lián hē le shí lái wǎn
父子，也算大功劳一件。打定主意，王佐又连喝了十来碗
jiǔ mìng jūn shì shōu le jiǔ xí xiè le kūi jiǎ jiè zhe jiǔ jìn cóng yāo jiān bá chū jiàn
酒，命军士收了酒席，卸了盔甲，借着酒劲，从腰间拔出剑
lái huò de yì shēng jiāng zì jǐ de yòu bì kǎn le xià lái wáng zuǒ yǎo zhe yá guān qǔ
来，嚯的一声，将自己的右臂砍了下来。王佐咬着牙关，取
le xiē yào fū shàng jūn shì jiàn cǐ dà chī yì jīng wáng zuǒ zhǔ fù tā men bú yào zhāng
了些药敷上。军士见此，大吃一惊。王佐嘱咐他们不要张
yáng chū qù yòu chě xià yí kuài jiù zhàn páo jiāng duàn bì bāo hǎo cáng zài xiù zhōng dú zì
扬出去，又扯下一块旧战袍，将断臂包好，藏在袖中，独自
yì rén qiāo qiāo lái dào yuè fēi hòu yíng
一人悄悄来到岳飞后营。

zhè shí yǐ shì sān gēng shí fēn yuè fēi yīn wèi jiāo lǜ bù ān hái wèi xiē xi
这时已是三更时分，岳飞因为焦虑不安，还未歇息，
tīng shuō wáng zuǒ yǒu jī mì jūn shì yào bào lián máng chū zhàng jiàn wáng zuǒ miàn sè cǎn bái
听说王佐有机密军事要报，连忙出帐。见王佐面色惨白，
mǎn shēn xiān xuè yuè fēi dà jīng máng wèn yuán yóu wáng zuǒ jiāng duàn bì zhà xiáng móu cì
满身鲜血，岳飞大惊，忙问原由。王佐将断臂诈降、谋刺
wù zhú fù zǐ de dǎ suàn gào su yuè fēi qǐng yuè fēi zhǔn xǔ yuè fēi hán lèi fú qǐ wáng
兀术父子的打算告诉岳飞，请岳飞准许。岳飞含泪扶起王
zuǒ mìng tā lì jí huí yíng yī zhì bù xǔ tā zài mào xiǎn kě wáng zuǒ xīn yì yǐ jué
佐，命他立即回营医治，不许他再冒险。可王佐心意已决，
biǎo shì yuè fēi rú guǒ bù yìng yǔn biàn zì wěn yǐ míng xīn jì yuè fēi wú nài zhǐ dé
表示岳飞如果不应允，便自刎以明心迹。岳飞无奈，只得
hán lèi dā ying
含泪答应。

wáng zuǒ cí bié yuè fēi chū le sòng yíng lián yè qù wǎng jīn yíng dào dá jīn yíng
王佐辞别岳飞，出了宋营，连夜去往金营。到达金营
shí tiān yǐ jīng liàng le wù zhú tīng shuō yǒu sòng jiàng yuàn xiáng bù jīn xīn xǐ lì jí chuán
时，天已经亮了。兀术听说有宋将愿降，不禁欣喜，立即传
lìng jìn jiàn wáng zuǒ jìn zhàng guì xià wù zhú jiàn tā miàn sè là huáng yī jīn rǎn xuè biàn
令进见。王佐进帐跪下，兀术见他面色蜡黄，衣襟染血，便
wèn yuán gù wáng zuǒ shuō wǒ běn shì hú guǎng dòng tíng hú yáng yāo de bù xià dōng shèng hóu
问缘故。王佐说：“我本是湖广洞庭湖杨幺的部下东圣侯

王佐，因为奸臣献出地图，被岳飞得胜，只得归降了宋营。现今小殿下连胜五将，英雄无敌，岳飞黔驴技穷，只得挂了免战牌。昨晚聚众议事，我进了一言：‘如今中原残破，二帝蒙尘。高宗信任奸臣，这都是天意。现今二百万金兵陈兵朱仙镇，如同泰山压卵，必败无疑。不如派人议和，或许还可以保全。’不料岳飞不仅不听我的善言劝告，反而说我存心卖国，下令砍下我手臂，派我到金国报信，说他明日就要来擒狼主，直捣黄龙，扫平金国。我如果不来，就要再断一臂，因此特来投奔狼主。”说罢，王佐放声大哭，又将袖子里的断臂露出来给兀术看。兀术见他断臂处血肉模糊，大骂道：“这岳南蛮好无礼！一刀把人杀了岂不干净，砍了他的手臂，弄

王佐砍断自己的手臂来到金营向兀术诈降

de qiú shēng bù dé qiú sǐ bù néng cán rěn zhì jí jiē zhe wù zhú yòu duì wáng zuǒ
得求生不得，求死不能，残忍至极！”接着，兀术又对王佐
shuō dào kǔ rén er nǐ wèi le wǒ dà jīn shī le yòu bì shòu zhè me duō tòng kǔ yǐ
说道：“苦人儿，你为了我大金失了右臂，受这么多痛苦，以
hòu nǐ jiù zài wǒ zhè lǐ jūn zhōng gè yíng tīng lìng yǐ hòu wáng zuǒ kě yǐ suí chù zǒu
后你就在我这里！军中各营听令，以后王佐可以随处走
dòng shéi dōu bù kě zǔ lán wéi lìng zhě zhǎn wáng zuǒ tīng le xīn zhōng dà xǐ lián máng
动，谁都不可阻拦，违令者斩！”王佐听了心中大喜，连忙
xiè ēn
谢恩。

cóng cǐ wáng zuǒ měi tiān zài jīn yíng zhōng lái qù zì rú nà xiē jīn bīng yǒu de xiǎng
从此，王佐每天在金营中来去自如。那些金兵有的想
yào kàn kan tā de duàn bì yǒu de xiǎng tīng tā jiǎng sòng rén de gù shi yě tè yì hé tā
要看看他的断臂，有的想听他讲宋人的故事，也特意和他
dā huà zhè tiān wáng zuǒ lái dào lù wén lóng de yíng qián jīn bīng yě bù zǔ lán ràng tā
搭话。这天，王佐来到陆文龙的营前，金兵也不阻拦，让他
jìn qù le wáng zuǒ jìn le yíng lái dào hòu zhàng jiàn zhàng nèi zuò zhe yí gè lǎo fù rén
进去了。王佐进了营，来到后帐，见帐内坐着一个老妇人，
biàn gǎn jǐn shàng qián jiàn
便赶紧上前见
lǐ wáng zuǒ tīng chū nà lǎo
礼。王佐听出那老
fù rén shì zhōng yuán kǒu
妇人是中原口
yīn biàn shuō lǎo nǎi nai
音，便说：“老奶奶
bú xiàng jīn guó rén ya
不像金国人呀！”
nà lǎo fù rén tīng le zhè
那老妇人听了这
huà wǎng shì yǒng shàng xīn
话，往事涌上心
tóu bù jué liú xià lèi
头，不觉流下泪

陆文龙的奶娘对王佐讲了陆文龙的身世秘密

lái biàn shuō wǒ men shì tóng xiāng wǒ yě bù fáng gào su nǐ zhǐ shì wàn bù kě shuō chū
来,便说:“我们是同乡,我也不妨告诉你,只是万不可说出
qù wǒ běn shì hé jiān fǔ rén shì diàn xià de nǎi niáng wén lóng yuán shì lù ān zhōu lù dēng
去!我本是河间府人,是殿下的奶娘。文龙原是潞安州陆登
lǎo ye de gōng zǐ sān suì bèi láng zhǔ dài dào jīn guó suǒ yǐ wǒ zài jīn guó shí sān nián
老爷的公子,三岁被狼主带到金国,所以我在金国十三年
le wáng zuǒ tīng le ān wèi le yì fān gào cí chū lái zhǔn bèi gǎi rì zài lái
了。”王佐听了,安慰了一番,告辞出来,准备改日再来。

guò le jǐ tiān wáng zuǒ yòu yí cì lái dào lù wén lóng yíng qián lù wén lóng gāng hǎo
过了几天,王佐又一次来到陆文龙营前。陆文龙刚好
huí yíng kàn jiàn wáng zuǒ liú tā yí xù wáng zuǒ tīng lìng suí zhe jìn le yíng lù wén
回营,看见王佐,留他一叙。王佐听令,随着进了营。陆文
lóng shuō nǐ men zhōng yuán yǒu shén me gù shi jiǎng liǎng gè gěi wǒ tīng ting zhè zhèng
龙说:“你们中原有什么故事,讲两个给我听听。”这正
zhòng wáng zuǒ de xīn yì wáng zuǒ dào xiān jiǎng gè yuè niǎo guī nán de gù shi ba
中王佐的心意,王佐道:“先讲个‘越鸟归南’的故事吧。

王佐给陆文龙讲“越鸟归南”的故事

当年吴越交战，越王将美女西施献给吴王，引诱吴王贪恋美色，荒废政事。这西施养了一只鹦鹉，原被西施教得诗词歌赋样样都好，可到了吴国以后，竟不肯再说一句话。后来越王兴兵伐吴，吴王身丧紫阳山。西施带着鹦鹉回到越国，这鹦鹉才开口讲话。这便是‘越鸟归南’的故事。那禽鸟尚念故土，何况是人呢？”陆文龙听了觉得没趣，要求再讲一个。

王佐见陆文龙没有领会，又讲了一个“骅骝向北”的故事。王佐说：“宋真宗时，有个奸臣叫王钦若，想害死满门忠义的杨家将，便谗言进谏真宗说：‘中原的坐骑都是平常劣马，唯有辽国天庆梁王的日月马，才是宝驹。主公何不下一道旨意，令杨元帅去借此宝马来骑骑。’皇上听信了，传旨命杨元帅去要这宝驹。那杨元帅，手下有一员悍将名叫孟良，能说多国语言，就扮作辽人想方设法把那匹马骗了回来。谁知送那匹马至京都后，其日夜朝北嘶鸣，不吃不喝，饿了七天，竟活活饿死了。”陆文龙叹道：“好一匹义马！”王佐听此，便起身告辞了，陆文龙约他有空再来。

过了几天，王佐又来看陆文龙，说有个故事要单独讲给他一人听。陆文龙应允后，王佐取出一张图来呈上，讲道：“当年兀术兵抢潞安州，节度使陆登尽忠，夫人尽节，双双自刎。兀术见公子陆文龙幼小，命奶娘抱着带往金国，收作义子，到如今已十三年了。可恨这陆文龙不为父母报仇，反认贼作父，太令人痛心了！”陆文龙听了，大吃一惊，但又疑信掺半。这时奶娘满脸泪痕地走出来，说道：“这位同乡所言，句句是真！”陆文龙听了泪如雨下，立刻拔剑便要冲出去杀兀术。王佐拦住他，劝他再忍耐几时，等有了机会再杀不迟。

这几天，金营里又添一员猛将，叫曹宁，接连杀死了宋营中的徐庆、金彪二将。岳飞只得挂出免战牌。王佐听说后忧心如焚，急忙向陆文龙打听曹宁的出身。陆文龙告诉他，曹宁是曹荣之子，也是自幼在金国长大，不知自己的身世。王佐便让陆文龙派人将曹宁请来。

不一会儿，曹宁进帐。王佐闲说中讲了“越鸟归南”“骅骝向北”故事。王佐感慨道：“鸟兽尚知思乡念主，难道人反不如鸟兽？”陆文龙问：“将军可知道自己的祖籍在哪？”曹宁摇头，陆文龙又说：“我们都是宋人！”曹宁哪里肯信。陆文龙便将王佐断臂来访之事和自己身世一一相告，曹宁这才翻然醒悟，深为父亲叛主求荣之举为耻，垂泪道：“我要投奔宋营！”王佐说：“我修书一封，给你带去。到时你与文龙里应外合。”曹宁藏好书信，辞别出营。

第二天清早，曹宁来到岳飞帐前，说明归降之意，并递上王佐书信。岳飞看后大喜，吩咐他换了宋朝衣甲，勉励了他一番。兀术听说曹宁投宋去了，正在恼怒，恰好

王佐修书一封，让曹宁带着去见岳飞

cáo níng zhī fù cáo róng yā jiè liáng cǎo huí yíng wù zhú chuán lìng yào zhǎn cáo róng cáo róng dé
曹宁之父曹荣押解粮草回营。兀术传令要斩曹荣，曹荣得
zhī yuán gù hòu kǔ kǔ āi qiú tí chū shēng qín ér zǐ huí lái qǐng zuì wù zhú yìng yǔn
知缘故后苦苦哀求，提出生擒儿子回来请罪，兀术应允。

cáo róng tí dāo shàng mǎ lái dào sòng yíng jiào cáo níng chū lái jiàn tā cáo níng lǐng lìng
曹荣提刀上马，来到宋营，叫曹宁出来见他。曹宁领令
chū zhèn fù zǐ zhèn qián xiāng jiàn cáo róng jiàn ér zi róng zhuāng dà biàn fèn nù bù yǐ cáo
出阵。父子阵前相见，曹荣见儿子容装大变，愤怒不已。曹
níng quàn dào diē die wǒ yǐ shì sòng jiàng le diē diē nǐ shēn wéi sòng cháo jié dù shǐ wèi
宁劝道："爹爹，我已是宋将了。爹爹你身为宋朝节度使，为

曹宁在阵前杀死了自己的父亲，岳飞见后十分震惊

何不学陆荣、张叔夜、李若水、岳飞、韩世忠，反而拱手让了黄河，归降金邦呢？”曹荣闻言，不禁恼羞成怒：“畜生，敢口出狂言冒犯为父！”拍马挥刀，直取曹宁。曹宁手摆长枪去抵挡，却失手将父亲一枪挑死，只好抬着父亲的尸体回来缴令。

岳飞见了，大吃一惊，责怪说：“你父亲既不肯归宋，你可以自己回来，我自有办法，岂能亲手杀死你父亲？”曹宁恨自己做了大逆不道之事，当下拔出腰间的佩刀自刎了。

# 第二十六回　岳飞破连环马

zhè tiān wù zhú zhèng zài hé bù xià shāng yì zhe duì fu yuè fēi de bàn fǎ wán
这天，兀术正在和部下商议着对付岳飞的办法，完
mù tuó chì wán mù tuó zé liǎng yuán shuài dài zhe lián huán jiǎ mǎ qiú jiàn wù zhú lián
木陀赤、完木陀泽两元帅带着“连环甲马”求见。兀术连
máng xuān jìn zhàng nèi shuō dào míng tiān jiù fán èr wèi yuán shuài yòng lián huán jiǎ mǎ
忙宣进帐内，说道：“明天就烦二位元帅，用“连环甲马”
qín ná yuè fēi
擒拿岳飞！”

dì èr tiān wán mù tuó chì wán mù tuó zé èr rén xiān jiāng lián huán jiǎ mǎ qián fú
第二天，完木陀赤、完木陀泽二人先将“连环甲马”潜伏
zài yíng zhōng zhè cái lǐng bīng lái dào sòng yíng tǎo zhàn yuè fēi lìng dǒng xiān shuài lǐng táo jìn jiǎ
在营中，这才领兵来到宋营讨战。岳飞令董先率领陶进、贾
jùn wáng xìn wáng yì sì jiàng jí wǔ qiān rén mǎ chū zhàn wǔ jiàng yì qí lái dào zhèn qián
俊、王信、王义四将及五千人马出战。五将一齐来到阵前，
wán mù tuó chì xiāo zhāng de hǎn zhe yào qín ná yuè fēi dǒng xiān tīng le nù fà chōng guān yí
完木陀赤嚣张地喊着要擒拿岳飞。董先听了怒发冲冠，一
chǎn dǎ qù wán mù tuó chì wǔ dòng tiě gǎn qiāng dāng de jià kāi yuè yá chǎn diào zhuǎn qiāng tóu
铲打去，完木陀赤舞动铁杆枪，当地架开月牙铲，掉转枪头
cháo dǒng xiān cì qù dǒng xiān cè shēn shǎn kāi huī chǎn zài kǎn liǎng rén zhàn le bú dào wǔ gè
朝董先刺去。董先侧身闪开，挥铲再砍。两人战了不到五个
huí hé wán mù tuó zé biàn ná zhe shǒu zhōng de hún tiě qiāng fēi mǎ lái zhù zhàn táo jìn děng
回合，完木陀泽便拿着手中的浑铁枪，飞马来助战。陶进等
sì rén jiàn cǐ yì qí shā shàng qián zhè liǎng yuán jīn jiàng zěn dí de guò wǔ wèi sòng jiàng zhǐ
四人见此，一齐杀上前。这两员金将怎敌得过五位宋将，只
dé diào zhuǎn mǎ tóu wǎng huí chè yǐn zhe dǒng xiān děng rén lái dào yíng qián
得掉转马头往回撤，引着董先等人来到营前。

董先大喝一声，冲上去和完木陀赤打起来

zhī tīng jiàn yì shēng hào pào liǎng yuán jīn jiàng zuǒ yòu fēn kāi cóng jīn yíng li yǒng chū
只听见一声号炮，两员金将左右分开，从金营里涌出
sān qiān rén mǎ lái nà xiē mǎ shēn shang dōu pī zhuó kūi jiǎ mǎ tóu shang yòng tiě gōu tiě huán
三千人马来，那些马身上都披着盔甲，马头上用铁钩铁环
xiāng lián zhe měi sān shí pǐ zhàn chéng yì pái mǎ shang de shì bīng shēn chuān shēng niān pí kūi
相连着，每三十匹站成一排。马上的士兵身穿生拈皮盔
jiǎ liǎn zhào niú pí miàn jù gōng nǔ hé cháng qiāng pái le yì bǎi pái yì qí chōng chū
甲，脸罩牛皮面具。弓弩和长枪，排了一百排，一齐冲出
lái bǎ sòng jūn tuán tuán bāo wéi zhè zhèng shì yì shǒu nán gōng de lián huán jiǎ mǎ zhèn
来，把宋军团团包围。这正是易守难攻的“连环甲马”阵。
sān qiān jīn bīng qiāng tiǎo jiàn shè měng liè chū jī bú dào yí gè shí chen wǔ yuán dà jiàng
三千金兵枪挑箭射，猛烈出击，不到一个时辰，五员大将
jí wǔ qiān rén mǎ jī hū quán bù sàng mìng yú zhèn nèi jǐn shèng xia jǐ gè shāng bīng jiǎo xìng
及五千人马几乎全部丧命于阵内，仅剩下几个伤兵侥幸
táo huí sòng yíng
逃回宋营。

yuè fēi wén bào dà jīng shī sè máng wèn dǒng jiàng jūn děng zěn me yàng sǐ de
岳飞闻报，大惊失色，忙问："董将军等怎么样死的？"
táo huí de sòng jūn jiàng lián huán jiǎ mǎ de shì xì xì xù shù le yí biàn yuè fēi tīng
逃回的宋军将"连环甲马"的事细细叙述了一遍。岳飞听
le shī shēng tòng kū dào kǔ zāi kǔ zāi zǎo zhī jīn bīng shǐ de shì lián huán jiǎ
了，失声痛哭道："苦哉，苦哉！早知金兵使的是'连环甲
mǎ dǒng jiàng jūn děng jiù bú yòng wǎng sǐ zhèn zhōng le zǎo nián hū yán zhuó céng yòng guò zhè
马'，董将军等就不用枉死阵中了！早年呼延灼曾用过这
zhǒng zhèn fǎ xú níng chuán xià de gōu lián qiāng kě yǐ pò jiě yuè fēi mìng rén zhǔn bèi
种阵法，徐宁传下的'钩镰枪'可以破解。"岳飞命人准备
hǎo jì lǐ qīn zì chū yíng dài lǐng zhòng jiàng yáo wàng jīn yíng kū diàn le yì fān
好祭礼，亲自出营，带领众将遥望金营，哭奠了一番。

zhòng rén huí dào yíng zhōng yuè fēi qīn shòu pò jiě fāng fǎ mìng mèng bāng jié zhāng xiǎn
众人回到营中，岳飞亲授破解方法，命孟邦杰、张显
gè zì dài bīng sān qiān qù liàn gōu lián qiāng zhāng lì zhāng yòng gè dài bīng sān qiān qù
各自带兵三千，去练"钩镰枪"；张立、张用各带兵三千，去
liàn téng pái
练"藤牌"。

岳飞命人准备好祭礼，亲自出营，带领众将遥望金营，哭祭了一番

wù zhú jiàn lián huán jiǎ mǎ zhàn shèng le yuè fēi xiào zhú yán kāi dàn tā hái xián zhàn shì tuī jìn bú gòu kuài biàn duì jūn shī shuō cǐ zhàn kuàng rì chí jiǔ rú hé shì hǎo
兀术见"连环甲马"战胜了岳飞，笑逐颜开，但他还嫌战事推进不够快，便对军师说："此战旷日持久，如何是好？"

军师献上一计：“狼主可命一员将官暗渡夹江，直取临安。岳南蛮如果知道了，必会回兵去救。我们再派兵断其后路，使他无暇兼顾，就可将他擒住了。”兀术听了大赞，命鹘眼郎君领兵五千，暗中抄小路往临安进发。

鹘眼郎君带领人马刚离开朱仙镇，就遇见了押送粮草到朱仙镇的三千宋军。这押粮官都统制叫王俊，很会趋炎附势，深得秦桧的宠信，被秦桧派来监督军粮。王俊一路飞扬跋扈地走来，不料在这里碰上了金兵。鹘眼郎君出马举刀，大喝道：“何处军兵，快快把粮草送过来，饶你狗命！”王俊硬着头皮说：“我是大宋天子驾前都统制王俊！你是何人？”鹘眼郎君道：“我是大金国四太子帐前元帅鹘眼郎君，特意去临

鹘眼郎君带领人马刚离开朱仙镇，就遇见了押送粮草到朱仙镇的三千宋军

安擒你们那南蛮皇帝，今天先拿你来试刀。”说罢，他挥刀砍来，王俊只得壮着胆子举刀相迎。两人战不到七八个回合，王俊就招架不住了，只得逃之夭夭，鹘眼郎君步步紧追。

正在紧急关头，前面忽然出现了一支宋军，领队的将领正是牛皋。王俊慌忙求救，牛皋便纵马上前，挡住鹘眼郎君。两人战了二十个回合，鹘眼郎君手中的刀略微慢一步，被牛皋一锏打中肩膀，跌落马下。牛皋取了他的首级，杀散了金兵，这才转过身来问王俊的来历。王俊说：“小将官居都统制，名叫王俊，蒙秦丞相举荐，押解粮草来朱仙镇。偏遇到这金贼，杀不过他。幸得将军相救，必当重报！”牛皋心想，早知是这个狗头，就不救他了，嘴里却说：“俺是岳元帅麾下统制牛皋，奉元帅之令催运粮草。王将军既然押解粮草去朱仙镇，我的粮草烦你一并带去，见了元帅，就说牛皋去别处催粮了，催齐了就回去。”王俊答应。牛皋将鹘眼郎君的首级也交给他，并一再嘱咐他保护好粮草，就带着人马离开了。

wáng jùn cí le niú gāo bǎ liáng cǎo yā dào zhū xiān zhèn jiàn guò yuè fēi hòu chéng
王俊辞了牛皋，把粮草押到朱仙镇，见过岳飞后，呈
shàng gǔ yǎn láng jūn de shǒu jí shuō dào bēi zhí lù yù niú gāo bèi yì míng jīn jiàng zhuī
上鹘眼郎君的首级，说道："卑职路遇牛皋被一名金将追
shā nà jīn jiāng yáng yán yào àn dù jiā jiāng qù qiǎng lín ān qià hǎo niú gāo bèi dǎ bài
杀。那金将扬言要暗渡夹江，去抢临安。恰好牛皋被打败，
bēi zhí shàng qián jiù le niú gāo dài le liáng cǎo jí nà jīn jiàng de shǒu jí lái bào gōng
卑职上前救了牛皋，带了粮草及那金将的首级来报功。"
yuè fēi zhī dào tā zài shuō huǎng yě méi yǒu tiāo míng zhǐ xiān jì le tā yì gōng biàn mìng
岳飞知道他在说谎，也没有挑明，只先记了他一功，便命
lìng shàng yíng fā fàng liáng cǎo
令上营发放粮草。

wù zhú jiàn gǔ yǎn láng jūn de shǒu jí xuán guà zài sòng yíng qián zhī dào jì huà yòu pào
兀术见鹘眼郎君的首级悬挂在宋营前，知道计划又泡

王俊见过岳飞后呈上鹘眼郎君的首级

汤了，只得叫完木陀赤兄弟随时准备用“连环甲马”迎战。

这些天，孟邦杰、张显、张立、张用已将“钩镰枪”和“藤牌”练熟了，回营缴令。岳飞便令他们去应战兀术的“连环甲马”，又命岳云、严成方、张宪、何元庆带五千人马，在后面配合着。

孟邦杰、张显等四将到金营前宣战，完木陀赤兄弟上阵迎战。互通了姓名之后，完木陀泽和张立两人拍马抡枪。战了几个回合后，完木陀赤诈败退入营中。张显等四将领兵追过来，突然一声炮响，三千“连环甲马”团团围裹上来。张显立即命令三军用“藤牌”将四周遮住，宋军毫发无损。完木陀赤兄弟见了十分恐慌，孟邦杰、张显乘机带领人马从后面冲来，用“钩镰枪”去钩马腿，一连钩倒数骑“连环甲马”，其余连在一起的都自相踩踏起来。金兵正溃不成军，又听得一声炮响，岳云、张宪从左边杀入，何元庆、严成方从右边杀入。这一仗，“连环甲马”都被挑死了，宋军凯旋。

兀术本来盼着完木陀赤兄弟的“连环甲马”能大获全

“连环甲马”都被挑死了，宋军大获全胜

shèng bù liào bèi yuè fēi de téng pái gōu lián qiāng gōng pò le jí de chuí xiōng dùn
胜，不料被岳飞的“藤牌”“钩镰枪”攻破了，急得捶胸顿
zú jūn shī ān wèi shuō láng zhǔ bú yào nán guò hái yǒu tiě fú tuó kě yǐ jiān miè
足。军师安慰说：“狼主不要难过，还有‘铁浮陀’可以歼灭
nán mán wù zhú xīn xiǎng yě zhǐ néng kào zhè bǎo bèi le
南蛮。”兀术心想，也只能靠这宝贝了。

zài shuō niú gāo huí yíng jiǎo lìng xún wèn yuè fēi mò jiàng qián jǐ rì jiù le wáng
再说牛皋回营缴令，询问岳飞：“末将前几日救了王
jùn mìng wáng jùn jiāng jīn jiāng gǔ yǎn láng jūn de shǒu jí jí liáng cǎo dài huí le yíng zhōng yuán
俊，命王俊将金将鹘眼郎君的首级及粮草带回了营中，元
shuài shì fǒu shōu dào yuè fēi shuō shōu shì shōu le kě wáng jùn shuō shì tā jiù le
帅是否收到？”岳飞说：“收是收了，可王俊说是他救了

nǐ niú gāo tīng le shí fēn nǎo nù zhì wèn wáng jùn wèi hé mào gōng lǐng shǎng shéi zhī wáng
你。”牛皋听了十分恼怒，质问王俊为何冒功领赏。谁知王
jùn jìng bēi bǐ wú chǐ de shuō dào xiǎo jiāng jiù le nǐ de xìng mìng nǐ zěn me fǎn lái duó
俊竟卑鄙无耻地说道：“小将救了你的性命，你怎么反来夺
wǒ de gōng láo niú gāo dà nù zhèng yào yǔ tā zhēng biàn hū rán tīng dào yíng wài chuán
我的功劳？”牛皋大怒，正要与他争辩，忽然听到营外传
lái yí zhèn xuān huá chǎo rǎng zhī shēng
来一阵喧哗吵嚷之声。

yuè fēi chū yíng yí kàn yíng mén qián yǒu shù bǎi míng shì bīng yāo qiú tuì wǔ yuè fēi
岳飞出营一看，营门前有数百名士兵要求退伍。岳飞
jué de qí zhōng bì dìng yǒu yǐn qíng biàn jiào jìn lái wèn huà lǐng tóu de jìn lái guì xià
觉得其中必定有隐情，便叫进来问话。领头的进来跪下，
yuè fēi wèn dào xiàn zài dà dí lín zhèn quán píng nǐ men tì guó chū lì zěn me fǎn
岳飞问道：“现在大敌临阵，全凭你们替国出力，怎么反
shuō yào tuì wǔ bīng shì huí dá jìn rì lái suǒ fā de liáng mǐ yì dǒu zhǐ yǒu qī
说要退伍？”兵士回答：“近日来所发的粮米，一斗只有七
bā shēng wǒ men lián fàn dōu chī bù bǎo hái zěn me dǎ zhàng yuè fēi yòu zé wèn jiān
八升，我们连饭都吃不饱，还怎么打仗？”岳飞又责问监
guǎn qián liáng fā fàng de wáng jùn wáng jùn dǐ lài dào qián liáng suī shì bēi zhí guǎn què
管钱粮发放的王俊。王俊抵赖道：“钱粮虽是卑职管，却
jiē yóu lì yuán qián zì míng jīng shǒu fā fàng bēi zhí bù zhī cǐ shì yuè fēi hè dào
皆由吏员钱自明经手发放，卑职不知此事。”岳飞喝道：
chuán qián zì míng lái yí huì er gōng fu qián zì míng jìn zhàng yuè fēi hè wèn kè
“传钱自明来！”一会儿工夫，钱自明进帐，岳飞喝问克
jiǎn jūn liáng zhī shì qián zì míng jù pà jūn fǎ chéng rèn shuō shì wáng jùn suō shǐ de
减军粮之事。钱自明惧怕军法，承认说是王俊唆使的。
yuè fēi dà nù xià lìng jiāng qián zì míng tuī chū zhǎn shǒu huí tóu yòu mìng lìng wáng jùn bǎ
岳飞大怒，下令将钱自明推出斩首，回头又命令王俊把
jūn liáng péi bǔ shàng lái zài chóng xīn fā fàng zhòng shì bīng tīng le kòu tóu xiè ēn tuì
军粮赔补上来，再重新发放。众士兵听了，叩头谢恩退
xià wáng jùn zhǐ dé jiāng kè kòu xià de liáng cǎo zhào shù bǔ qí le shì hòu yuè fēi
下。王俊只得将克扣下的粮草照数补齐了。事后，岳飞
shuō wáng jùn nǐ mào gōng yāo shǎng kè jiǎn jūn liáng běn yīng zhǎn shǒu zhǐ yīn nǐ shì
说：“王俊！你冒功邀赏，克减军粮，本应斩首！只因你是

岳飞吩咐左右将王俊拖下去打四十大板，连夜押解到临安

fèng zhǐ ér lái ráo nǐ sǐ zuì dà dǎ sì shí dà bǎn fǎn huí lín ān yóu qín chéng
奉旨而来，饶你死罪，大打四十大板，返回临安，由秦丞
xiàng fā luò shuō wán fēn fù shì wèi jiāng wáng jùn tuō xià qù dǎ le sì shí dà gùn
相发落！”说完吩咐侍卫将王俊拖下去，打了四十大棍，
lián yè yā jiè dào lín ān
连夜押解到临安。

# 第二十七回 破金龙绞尾阵

兀术被岳飞破了“连环甲马”，整天愁苦烦闷，这天金兵来报：“从黄龙府送来的‘铁浮陀’在外候令。”“铁浮陀”是一种火力威猛的火炮。兀术听了大喜，当晚立即用于攻营。而宋营这边陆文龙早已将消息送到，岳飞及时地将人马调离，“铁浮陀”轰击了空营。

第二天一早，兀术正高兴呢，金兵进帐来报：“‘苦人儿’王佐同殿下带了奶娘投宋去了。”兀术勃然大怒，大叫道：“真是养虎为患！”兀术正在恼怒，又有金兵来报：“宋营内旗幡依然鲜明。”兀术到营前一看，宋营果然旗飘幡动，刀枪密布。兀术正要重整“铁浮陀”再攻宋营，却发现“铁浮陀”已被全部推进小商河内，兀术气得火冒三丈。这时，军师献上新研究的“金龙绞尾阵”，即“金龙阵”，这个阵风驰电掣。兀术转怒为喜，调拨了全部兵将，命哈迷蚩率领，按图摆阵，先行操练。

兀术又派人将一封箭书射进宋营，约岳飞停战一个月，到期破阵。岳飞收到箭书后，一面通知全营

兀术将“金龙绞尾阵”的图交给军师，命他按图布阵，先操练起来

将士加强戒严，一面筹划着如何去打探金兵新战阵的消息。十几天后，岳飞趁天黑，悄悄带张保来到凤凰山边的茂林深处，攀上一株大树，在树顶窥视金营。岳飞见金营里灯火辉煌，中央将台上旗帜挥动，十来万人马摆成两条长蛇，头并头，尾搭尾，首尾相顾，果然巧妙。

一个月很快过去，哈迷蚩的“金龙阵”已经操练娴熟，兀术跃跃欲试，派人到宋营下达战书。岳飞约定明日决战，然后与众人商量破阵策略，最后决定：岳飞同张信带领人马从左边杀入，韩世忠和刘琦领兵由右边冲入，岳云、

岳云、严成方率领人马来到阵前，准备从中间打进去

严成方、何元庆、余化龙、罗延庆、伍尚志、陆文龙、郑怀、张奎、张宪、张立、张用等再从中间攻入，一举破阵。

第二天清晨，只听见宋营里三声轰天火炮响，四位元帅及十二员悍将率领众军一齐冲进“金龙阵”。兀术急令放炮，左右营阵脚去动，缓缓向中间围攻过来。岳飞已从左边杀入，摆动沥泉枪一阵乱挑。马前张保抡起镔铁棒，马后王横舞着熟铜棍，一边护着岳飞，一边指挥将士向前冲杀。后边牛皋、吉青、施全、张显、王贵等悍将，跟着杀入阵来。右边韩世忠手舞长枪，也领着韩尚德和韩彦直等众将一齐杀进来。金营将台上又是一声号炮，“金龙阵”阵形忽变，从四面八方一层层包围过来。原来那“金龙

zhèn tóu wěi gè yǒu zhào yìng yóu rú liǎng bǎ jiǎn dāo yí yàng yì céng yì céng jù lǒng guò
阵”，头尾各有照应，犹如两把剪刀一样，一层一层聚拢过
lái sòng jiàng shā le yì céng yòu yì céng quán dōu shì jīn bīng jīn jiàng shā yě shā bù sàn
来。宋将杀了一层又一层，全都是金兵金将，杀也杀不散，
dǎ yě dǎ bù kāi
打也打不开。

sì wèi yuán shuài tóng zhòng jiàng zhèng zài zhèn zhōng shā de àn wú tiān rì zhèn wài hū rán
四位元帅同众将正在阵中杀得暗无天日，阵外忽然
chū xiàn le sān gè shào nián tā men yí gè shì shàn shǐ yín chuí de jīn mén zhèn xiān xíng guān dí
出现了三个少年，他们一个是擅使银锤的金门镇先行官狄
léi yí gè shì yuè fēi shǒu xià tǒng zhì guān mèng bāng jié de xiǎo jiù zi fán chéng yǐ shàn shǐ
雷，一个是岳飞手下统制官孟邦杰的小舅子樊成，以善使
zàn jīn qiāng zhù chēng yí gè shǒu zhí qīng lóng yǎn yuè dāo shì yuè yún de jié bài xiōng dì guān
錾金枪著称，一个手执青龙偃月刀，是岳云的结拜兄弟关
líng tā men tīng shuō yuè fēi hé wù zhú bǎi xià dà zhèn zài zhū xiān zhèn jué zhàn jué de zhèng
铃。他们听说岳飞和兀术摆下大阵在朱仙镇决战，觉得正
shì shā dí bào guó de hǎo shí hou biàn fēn bié gǎn guò qù bāng máng sān yuán xiǎo jiàng zài zhèn
是杀敌报国的好时候，便分别赶过去帮忙。三员小将在阵
wài xiāng yù yóu zhèng zhōng jiān sī shā jìn qù chuí dǎ qiāng tiāo dāo kǎn jīn bīng fēn fēn kuì
外相遇，由正中间厮杀进去，锤打枪挑刀砍，金兵纷纷溃
tuì jīn lóng zhèn zhōng lì jí sāo luàn qǐ lái
退，金龙阵中立即骚乱起来。

wù zhú zhèng zài jiàng tái shang guān kàn jūn shī zhǐ huī bù zhèn jiàn zhèn xíng hū rán dà
兀术正在将台上观看军师指挥布阵，见阵形忽然大
luàn jí hū hào lìng yī rán wěn bu zhù jú miàn zhèng zài nà mèn jīn bīng lái bào shuō
乱，急呼号令，依然稳不住局面。正在纳闷，金兵来报，说
zhèn zhōng lái le sān gè xiǎo nán mán yǒng bù kě dāng wù zhú jí máng tí fǔ xià tái kuà
阵中来了三个小南蛮，勇不可当。兀术急忙提斧下台，跨
mǎ rù zhèn zhèng hǎo yù jiàn guān líng sān rén wù zhú lūn qǐ jīn què fǔ cháo guān líng kǎn
马入阵，正好遇见关铃三人。兀术抡起金雀斧朝关铃砍
lái guān líng jǔ qǐ qīng lóng yǎn yuè dāo bō kāi fǔ liǎng rén zhàn le shí yú gè huí hé bù
来。关铃举起青龙偃月刀拨开斧。两人战了十余个回合，不
fēn shèng fù zhè kě rě nǎo le dí léi fán chéng liǎng rén yì qí shàng qián zhù zhàn wù
分胜负。这可惹恼了狄雷、樊成，两人一齐上前助战。兀

关铃、樊成、狄雷前来助阵，从正中间杀进阵去

zhú shā de liǎng bì suān má hán liú jiā bēi hái shì dí bu guò zhè sān gè chū shēng niú dú
术杀得两臂酸麻，汗流浃背，还是敌不过这三个初生牛犊
bú pà hǔ de yǒng jiàng suì zhuǎn mǎ bài zǒu yòu pà tā men rǎo luàn le zhèn shì biàn rào
不怕虎的勇将，遂转马败走，又怕他们扰乱了阵势，便绕
zhèn ér zǒu yīn wèi wù zhú zài qián zhòng bīng bù hǎo zǔ dǎng nà sān rén zài hòu jǐn zhuī bù
阵而走。因为兀术在前，众兵不好阻挡，那三人在后紧追不
shě fǎn bǎ nà jīn lóng zhèn chōng de sì fēn wǔ liè
舍，反把那“金龙阵”冲得四分五裂。

sì wèi yuán shuài jiàn jīn bīng zhèn jiǎo yǐ luàn biàn zhǐ huī zhòng jiàng sì chù dà sì zhuī
四位元帅见金兵阵脚已乱，便指挥众将四处大肆追
shā yuè yún yán chéng fāng hé yuán qìng dí léi sì jiàng chōng shā dào zhōng yāng jiàng tái páng
杀。岳云、严成方、何元庆、狄雷四将冲杀到中央将台旁，
tā men shǐ de dōu shì chuí yuè yún yín chuí bǎi dòng yán chéng fāng jīn kuáng shǐ kāi hé yuán
他们使的都是锤，岳云银锤摆动，严成方金狂使开，何元

qìng tiě chuí fēi wǔ dí léi shuāng chuí bìng jǔ chuí qǐ chuí luò yí huì er biàn jiāng zhōng yāng
庆铁锤飞舞，狄雷双锤并举，锤起锤落，一会儿便将中央
jiàng tái tà wéi píng dì yì chǎng è zhàn sòng jūn jiāng jīn bīng de jīn lóng zhèn dǎ de qī
将台踏为平地。一场恶战，宋军将金兵的“金龙阵”打得七
líng bā luò jīn bīng dà bài
零八落，金兵大败。

wù zhú dài lǐng cán bīng bài jiàng yī kǒu qì táo bèn le èr shí yú lǐ bú liào qián duì
兀术带领残兵败将一口气逃奔了二十余里。不料前队
bài bīng hū rán fā chū hǎn shēng xiàng hòu chè tuì yuán lái shì liú qí de rén mǎ chāo xiǎo lù
败兵忽然发出喊声向后撤退。原来是刘琦的人马抄小路
dào dá zhè lǐ jiāng shù mù kǎn duàn duī zài lù zhōng jiān zǔ dǎng le qù lù zhǐ tīng jiàn
到达这里，将树木砍断堆在路中间，阻挡了去路。只听见
yì shēng bāng zi xiǎng liǎng biān mái fú de gōng nǔ shǒu dā gōng niān jiàn jiàn rú fēi huáng yì
一声梆子响，两边埋伏的弓弩手搭弓拈箭，箭如飞蝗一
bān shè guò lái wù zhú huāng máng chuán lìng zhuǎn wǎng zuǒ biān xiǎo lù shang táo zǒu yòu zǒu le
般射过来。兀术慌忙传令转往左边小路上逃走，又走了
yī èr shí lǐ qián
一二十里，前
jūn zài cì fā chū
军再次发出
jīng hǎn yuán lái
惊喊，原来
qián miàn de jīn niú
前面的金牛
lǐng yě bèi dǎng le
岭也被挡了
qù lù
去路。

wù zhú zhèng
兀术正
dài lìng xún chū lù
待另寻出路，
yòu tīng jiàn hòu biān
又听见后边

刘琦早在林中设下埋伏，士兵们看到兀术逃到这里就一齐放起箭来

hǎn shēng xiǎng chè tiān kōng zhuī bīng jiàn jiàn jìn le zhǐ hǎo xià lìng pīn sǐ shàng shān wéi
喊声响彻天空，追兵渐渐近了，只好下令：“拼死上山，违
lìng zhě zhǎn wù zhú shǒu dāng qí chōng bá zú shàng le shān yá jīn bīng men zhǐ dé miǎn
令者斩！”兀术首当其冲，拔足上了山崖。金兵们只得勉
qiǎng zhuī suí guò lǐng yóu yú shān gāo pō dǒu rén duō lù xiá yí lù shang jīn bīng sǐ shāng
强追随过岭。由于山高坡陡，人多路狭，一路上金兵死伤
wú shù gāng shàng le wǔ qiān rén mǎ zhuī bīng jiù yǐ jìng dào le yí zhèn hěn shā méi yǒu
无数。刚上了五千人马，追兵就已经到了，一阵狠杀，没有
pá shàng shān de jīn bīng wú lù táo shēng sǐ shāng suí chù kě jiàn
爬上山的金兵无路逃生，死伤随处可见。

# 第二十八回 十二金召岳飞

兀术站在岭上，见自己的兵马非死即降，不由得伤心落泪，呜咽着说道："我自进中原以来，所到之处望风而溃。未想自从遇到这岳南蛮，六十万大军被他杀得只剩五六千人！我如今还有何颜面回去见老狼主，倒不如自我了断了！"说罢，他拔出腰间的佩剑，就要自刎。军师哈迷蚩见此，连忙将他紧紧抱住，劝道："狼主，不如先暂时回国，再重整人马，挺进中原，也不迟啊。"兀术听此只得拭干眼泪，收起宝剑。这时，军师又向兀术献计道："现在秦桧高居相位，我们又

兀术拔出佩剑就要自杀，军师哈迷蚩急忙阻拦

何必惧怕岳飞！狼主暂且在这儿安营，让臣换装暗中混进临安去找秦桧。要他寻个机会除掉岳飞，何愁得不了宋室江山？”兀术破涕为笑，当即要来笔砚写了封信，用黄蜡包裹，做成一个蜡丸，交给哈迷蚩。哈迷蚩遂将蜡丸藏好，当即辞别了兀术，打扮成客商，悄悄地去往临安。

却说秦桧平时善于阿谀奉承，深得高宗宠信，在朝中有独当一面的权力。哈迷蚩乔装潜入了临安后，听说秦桧同夫人王氏正在西湖上赏景，就来到西湖边。秦桧的游船停泊在西湖的苏堤边，夫妇二人正在船上对坐饮酒，赏景赋诗。哈迷蚩见了，走近了故意高声喊道：“卖蜡丸，卖蜡丸！”

王氏无意中向岸上瞥去，见是哈迷蚩，连忙低声告诉秦桧。秦桧让仆人将那卖蜡丸的叫到船上来。秦桧问：“你的蜡丸可医得了我的心病？”哈迷蚩说：“我这蜡丸专治心病，但要早医，晚了恐怕无效。”说完将蜡丸递上。秦桧会意，赏给他十两银子，哈迷蚩谢赏离去。

秦桧回府后，将蜡丸剖开一看，里面藏的是兀术的亲笔书信，信中写道“秦桧负盟，以致我大败岳飞。现命你设法除掉岳飞，等我大金得了宋室江山，愿与你平分疆土”等语。秦桧看完，与王氏密谋。王氏说：“相公官居宰辅，职掌群僚，这些小事有何为难？现今之计，不如拖欠粮草，先召他回朱仙镇候旨养兵，然后谋计害他父子，岂不更好？”秦桧听了，连连点头。

秦桧将药丸剖开来一看，里面藏的是兀术的亲笔书信

再说岳飞自从在金牛岭大胜兀术后，便在山下练兵息马，从各处调集粮草，准备趁兀术溃败之际，直捣黄龙府，迎回二帝。一天，四位元帅正在打探粮草久等不至的原因，忽报有圣旨到，朝廷命岳飞班师，暂退至朱仙镇养马，等秋天粮足了，再议发兵北伐的事。

四位元帅正在猜测粮草久候不至的原因，忽报有圣旨到

qīn chāi zǒu hòu yuán shuài men chēng mù jié shé hán shì zhōng yóu qí jī dòng xiàn zài chéng gōng zài jí huáng shang bù jǐn bù fā bīng liáng fǎn zhào yuán shuài huí zhū xiān zhèn zhè bì dìng shì jiān chén chán yán suǒ wéi yuán shuài wàn bù kě qīng yì huí qù yuè fēi shuō zì gǔ jūn mìng nán wéi bù kě tān gōng nì le zhǐ yì liú qí yòu quàn dào jiāng zài wài jūn mìng yǒu suǒ bù shòu yuán shuài bù rú yì biān cuī liáng yì biān fā bīng zhí dǐ huáng lóng fǔ yíng huí èr shèng jiāng gōng dǐ zuì qǐ bù gèng hǎo yuè fēi tàn le yì kǒu qì yòu shuō zhū wèi yuán shuài yǒu suǒ bù míng wǒ yīn qiāng tiāo xiǎo liáng wáng táo mìng guī xiāng zhèng zhí zāi nián wú shōu dào zéi chāng jué dòng tíng hú yáng yāo pài le wáng zuǒ lái pìn wǒ wǒ mǔ qīn pà wǒ yì shí bú shèn zài wǒ bèi shang cì le jīng zhōng bào guó sì gè dà zì gù ér wǒ zhōng shēng zhǐ yuàn jìn zhōng yú huáng shang hé cháo tíng nǎ guǎn tā rén jiān chén nòng quán yuè fēi suì chuán lìng bá zhài qǐ yíng quán jūn shēng shì hè hè huí dào zhū xiān

钦差走后，元帅们瞠目结舌，韩世忠尤其激动：“现在成功在即，皇上不仅不发兵粮，反召元帅回朱仙镇！这必定是奸臣谗言所为，元帅万不可轻易回去。”岳飞说：“自古君命难违。不可贪功，逆了旨意。”刘琦又劝道：“‘将在外，君命有所不受。’元帅不如一边催粮，一边发兵，直抵黄龙府，迎回二圣，将功抵罪，岂不更好？”岳飞叹了一口气，又说：“诸位元帅有所不明，我因枪挑小梁王，逃命归乡，正值灾年无收，盗贼猖獗，洞庭湖杨幺派了王佐来聘我，我母亲怕我一时不慎，在我背上刺了‘精忠报国’四个大字，故而我终生只愿尽忠于皇上和朝廷，哪管他人奸臣弄权！”岳飞遂传令拔寨起营，全军声势赫赫回到朱仙

镇，依旧扎下十三座营头，每天操兵练卒，只等秋收后再进兵北伐。

岳飞虽不听众人苦劝，心里却明白是奸臣居心不良，便命岳云与张宪先回家乡，又修书一封，举荐张宪到濠梁做总兵。岳飞准备给王横安排去处，但王横说什么也要留下来跟随岳飞，岳飞只得作罢。这天，众人正在闲谈，圣旨又到，朝廷命岳飞在朱仙镇养马屯田；众元帅各归本营，等粮草备足了再听候调遣。三天后，各路人马拔寨回营，岳飞的队伍在朱仙镇每天操兵练将，又令军士耕种田地，一心等候调遣，出师北伐。

看过冬去春逝，又是夏秋时候。一天，岳飞正闲坐在帐中看《孙子兵法》，忽报圣旨到。原来是因和议已成，朝廷命岳飞进京，加封官职。送走钦差，岳飞回到营中，对众将说：“圣上召我进京，但奸臣当道，此去生死难料。我死不足惜，众兄弟要同心协力，为国雪耻，迎二圣还朝，岳飞死而无憾！”岳飞正欲动身，一连接到十二道金牌催促起程。岳飞没办法，只得将帅印交给施全和牛皋，自己带着

wáng héng jí sì yuán jiā jiàng lì jí dòng shēn qián wǎng lín ān zhòng tǒng zhì dào dà yíng wài guì
王横及四员家将立即动身，前往临安。众统制到大营外跪
bài xiāng sòng yuè fēi miǎn lì fǔ wèi le yì fān shàng mǎ qǐ xíng zhū xiān zhèn lǎo bǎi xìng
拜相送，岳飞勉励抚慰了一番，上马起行。朱仙镇老百姓
yí lù fú lǎo xié yòu yì kǒu tóng shēng de wǎn liú yuè fēi kū shēng bù jué yuè fēi duì
一路扶老携幼，异口同声地挽留岳飞，哭声不绝。岳飞对
xiāng qīn men shuō shèng shàng lián fā shí èr dào jīn pái zhào wǒ wǒ zěn gǎn wéi kàng jūn
乡亲们说：“圣上连发十二道金牌召我，我怎敢违抗君
mìng wǒ bù jiǔ hái huì huí lái xiāo miè jīn bīng ràng dà jiā guò ān dìng rì zi bǎi xìng
命！我不久还会回来，消灭金兵，让大家过安定日子。”百姓
jiàn liú bu zhù yuè fēi zhǐ dé ràng kāi yì tiáo dào lù huī lèi sòng bié
见留不住岳飞，只得让开一条道路，挥泪送别。

# 第二十九回 岳飞遭陷遇害

yuè fēi dài lǐng wáng héng hé sì míng jiā jiàng lí kāi zhū xiān zhèn xiàng lín ān xíng qù
岳飞带领王横和四名家将离开朱仙镇，向临安行去。
guò le jǐ tiān lái dào guā zhōu dù guò cháng jiāng dào jīng kǒu hòu yòu gǎi qí mǎ qián xíng yòu
过了几天来到瓜州渡过长江，到京口后又改骑马前行。又
zǒu le liǎng sān tiān lái dào píng jiāng hū rán yíng miàn lái le yí duì rén mǎ tā men jìng rán
走了两三天来到平江。忽然迎面来了一队人马，他们竟然
shì fèng qín huì de mì lìng jiǎ chuán shèng zhǐ lái jū ná yuè fēi de zhǐ jiàn wéi shǒu de xiào
是奉秦桧的密令，假传圣旨来拘拿岳飞的。只见为首的校
wèi féng zhōng féng xiào zǒu dào yuè fēi miàn qián xuān dú shèng zhǐ yuè fēi shēn wéi yuán shuài
尉冯忠、冯孝走到岳飞面前，宣读圣旨：“岳飞身为元帅，
bù sī bào xiào guó jiā zài wēi jí guān tóu què àn bīng bú dòng duō cì kòu jiǎn jūn liáng tān
不思报效国家，在危急关头却按兵不动，多次扣减军粮，贪
wū jūn xiǎng yǒu fù huáng ēn xiàn lì jí yā jiè jìn jīng děng hòu fā luò
污军饷，有负皇恩，现立即押解进京，等候发落！”

wáng héng tīng bà nù bù kě è lì shēng hè dào yuè yuán shuài shě shēn wàng jǐ
王横听罢怒不可遏，厉声喝道：“岳元帅舍身忘己，
shì sǐ wèi guó dà pò jīn bīng lǚ jiàn qí gōng nǐ men zhè bāng yǒu yǎn wú zhū de è
誓死为国，大破金兵，屡建奇功，你们这帮有眼无珠的恶
rén wèi shén me yào jū yā tā nǎ ge gǎn dòng xiān chī wǒ yí gùn yuè fēi máng hè zhù
人，为什么要拘押他，哪个敢动，先吃我一棍！”岳飞忙喝住
wáng héng bá chū jiàn yào zì wěn yǐ biǎo míng xīn jì sì gè jiā jiàng jiàn zhuàng huāng máng shàng
王横，拔出剑要自刎以表明心迹，四个家将见状慌忙上
qián bào zhù yuè fēi wáng héng jiàn le shī shēng tòng kū féng zhōng chéng jī tí zhe yāo dāo kǎn
前抱住岳飞。王横见了失声痛哭，冯忠乘机提着腰刀砍
xiàng wáng héng wáng héng zhèng yào fǎn kàng què bèi yuè fēi hè zhù jié guǒ bèi féng zhōng děng rén
向王横。王横正要反抗，却被岳飞喝住，结果被冯忠等人

冯忠、冯孝奉旨来拿岳飞，岳飞跪地接旨

luàn dāo kǎn sǐ yuè fēi tòng bú yù shēng pū zài wáng héng de shī tǐ shang tòng kū bù yǐ
乱刀砍死。岳飞痛不欲生，扑在王横的尸体上痛哭不已。
yuè fēi qiú féng zhōng gěi yì kǒu guān mù chéng liàn féng zhōng ràng dì fāng guān jiāng wáng héng mái zàng
岳飞求冯忠给一口棺木成殓。冯忠让地方官将王横埋葬
cǐ dì rán hòu jiāng yuè fēi lǐng rù qiú chē yā dào lín ān
此地，然后将岳飞领入囚车，押到临安。

qín huì dé dào xiāo xi zhī dào yuè fēi yǐ bèi jū huí lín ān biàn gǎn jǐn xià lìng
秦桧得到消息，知道岳飞已被拘回临安，便赶紧下令
jiāng yuè fēi guān yā zài dà lǐ sì jiān yù bìng yòu jiǎ chuán shèng zhǐ mìng dà lǐ sì zhèng
将岳飞关押在大理寺监狱，并又假传圣旨，命大理寺正
qīng zhōu sān wèi shěn wèn zhōu sān wèi bù gǎn wéi bèi qín huì de mìng lìng zhǐ hǎo jiē guò shèng
卿周三畏审问。周三畏不敢违背秦桧的命令，只好接过圣

zhǐ lì jí shēng táng kāi shǐ shěn wèn yuè fēi jǐ fān shěn xùn xià lái tā zhī dào yuè fēi suǒ
旨，立即升堂开始审问岳飞。几番审讯下来，他知道岳飞所
yán jù jù shǔ shí rèn wéi tā shì yuān wang de jiù tíng zhǐ le shěn wèn jiāng yuè fēi réng sòng
言句句属实，认为他是冤枉的，就停止了审问，将岳飞仍送
huí yù zhōng jiān jìn huí dào fǔ yá zhōu sān wèi sī lái xiǎng qù rèn wéi qín huì shì gù
回狱中监禁。回到府衙，周三畏思来想去，认为秦桧是故
yì xiàn hài yuè fēi de ér tā què bù néng mèi zhe liáng xīn jiā hài zhōng liáng méi yǒu bàn fǎ
意陷害岳飞的，而他却不能昧着良心加害忠良，没有办法，
jiù lián yè qì guān táo zǒu le
就连夜弃官逃走了。

cì rì qīng chén qín huì dé zhī zhōu sān wèi táo zǒu nù qì chōng chōng dà mà zhōu sān
次日清晨，秦桧得知周三畏逃走，怒气冲冲大骂周三
wèi bìng lì jí pài rén jī ná tā suí hòu qín huì yòu mìng háng zhōu fǔ tōng pàn mò qí xiè
畏，并立即派人缉拿他。随后，秦桧又命杭州府通判万俟卨
hé luó rǔ jí lái shěn yuè fēi zhè mò qí xiè hé luó rǔ jí dōu yīn kè kòu yú mín liáng cǎo
和罗汝楫来审岳飞。这万俟卨和罗汝楫都因克扣渔民粮草
céng bèi yuè fēi zé dǎ yīn cǐ yì zhí huái hèn zài xīn zǒng xiǎng zhǎo jī huì bào chóu qín huì
曾被岳飞责打，因此一直怀恨在心，总想找机会报仇。秦桧
suí jí jiāng mò qí xiè shēng wéi dà lǐ sì zhèng qīng luó rǔ jí wéi dà lǐ sì chéng xiàng
随即将万俟卨升为大理寺正卿，罗汝楫为大理寺丞相。
zhè liǎng gè rén yí shàng rèn jiù lì kè shēng táng tí shěn yuè fēi
这两个人一上任，就立刻升堂，提审岳飞。

yuè fēi jiàn dào èr rén biàn zhī dào xiōng duō jí shǎo dàn yī rán áng shǒu kuò bù lái dào
岳飞见到二人便知道凶多吉少，但依然昂首阔步来到
táng shang mò qí xiè dà hè yì shēng zuì chén yuè fēi gǎn kuài bǎ àn bīng bú dòng sī
堂上，万俟卨大喝一声："罪臣岳飞，赶快把按兵不动、私
tōng dí guó de shì zhāo le fǒu zé dìng jiāng nǐ dǎ rù sǐ láo yuè fēi tiě gǔ zhēng zhēng
通敌国的事招了，否则定将你打入死牢！"岳飞铁骨铮铮，
nǎ kěn chéng rèn zhè wú zhōng shēng yǒu de zuì nà mò qí xiè yòu hè lìng zuǒ yòu jiāng yuè fēi
哪肯承认这无中生有的罪？那万俟卨又喝令左右将岳飞
xiān tòng dǎ yí dùn yuè fēi réng bú rèn zuì mò qí xiè jiàn zhuàng yòu jiào rén jiāng yuè fēi
先痛打一顿。岳飞仍不认罪。万俟卨见状，又叫人将岳飞
yí zhèn hěn dǎ yuè fēi bèi dǎ de pí kāi ròu zhàn yūn sǐ guò qù dàn réng yí gè zì yě
一阵狠打。岳飞被打得皮开肉绽，晕死过去，但仍一个字也

没有招供。那恶贼又命人用檀木夹开始夹岳飞的十指。岳飞痛得满地乱滚，岳飞疼得大叫：“我招，我招！”万俟卨扬扬得意，叫人取来纸笔，掷给岳飞。岳飞忍痛写好“供状”，万俟卨看后，气得火冒三丈。原来岳飞并没有屈服，写的竟是自己为朝廷所立的功劳，还写了杨再兴等已牺牲的大英雄的功勋，最后痛斥了朝廷奸臣当道，乱施奸计的现状以及自己被奸臣陷害入狱的悲愤。

万俟卨忙取来纸笔，让岳飞写“供状”

万俟卨恨意难消，大声叫手下将岳飞的衣服扒下来，把鱼胶涂在他身上，再粘上麻皮，怒声问岳飞招不招。岳飞视死如归仍然不招。万俟卨大喊一声：“给我撕！”只听哧啦一声，岳飞身上的皮肉立刻被撕掉好几块，破裂处血淋淋的，惨不忍睹。岳飞大叫一声昏倒在地。万俟卨命令左右用凉水将岳飞浇醒，再次逼供。岳飞大声叫道：“我死不足惜，但愿我儿岳云和张宪不要坏我一生的名声。”

万俟卨听到岳飞说出岳云、张宪的名字，立即心生一计，喝令左右把门关紧。万俟卨假意说：“岳将军抗金报国的功劳，举世皆知，为什么不叫岳云和张宪前来为你申冤呢？”岳飞说：“我决不用他们申冤，情愿与他俩死在一起，才知我父子一心为国！”

岳飞写好给岳云、张宪的书信，万俟卨抢过来后好像得了宝，立刻来见秦桧。秦桧看了大怒，把万俟卨责骂了一顿。万俟卨讨好地说：“我正要用刑，忽然听到岳飞提起岳云、张宪的名字，便心生此计，连哄带骗让他写了这封信，把岳云、张宪骗来一起杀了，这样斩草除根，不留后患

岳飞写好书信，万俟卨好像得了宝，立刻来见秦桧

啊！”秦桧觉得有道理，想了一会儿，就叫人模仿岳飞的笔迹把信改成：“二人见信后，速来京城听候封赏。”然后立刻派人送往汤阴。很快，岳云、张宪见了信也没有怀疑，很快赶到京城，但一到这儿就被官兵抓了起来。

秦桧命令万俟卨、罗汝楫每天用极刑折磨岳飞、岳云、张宪三人。两个月过去了，岳飞三人始终不肯招认那些被栽赃的罪行。秦桧为此烦闷不已。这天，正是腊月二十九日，秦桧同夫人王氏在东窗下烤火饮酒，忽然有家将送进来一封密信。秦桧迅速拆开查看，原来是心腹徐宁从外地递来的一张民间传单。原来是一个叫刘允升的百姓悄悄写了岳飞父子受冤枉的传单，挨家挨户地分发，准备约定

hǎo rì zi shàng wàn mín
好日子上万民
shū qǐng yuàn yào tì yuè
书请愿，要替岳
fēi děng rén shēn yuān qín
飞等人伸冤。秦
huì kàn hòu yōu xīn chōng
桧看后忧心忡
chōng zài dì shang zǒu
忡，在地上走
lái zǒu qù wáng shì jiàn
来走去。王氏见
le máng wèn yuán yīn qín
了忙问原因，秦
huì jiāng chuán dān dì gěi
桧将传单递给
wáng shì shuō zì cóng
王氏，说："自从

秦桧看到传单，十分愁闷

wǒ jiǎ chuán shèng zhǐ jiāng yuè fēi fù zǐ ná rù jiān yù hòu mín jiān dōu zhī dào tā shòu le
我假传圣旨将岳飞父子拿入监狱后，民间都知道他受了
yuān qū yuē hǎo yào shàng wàn mín shū tǎng ruò zhè shì chuán rù gōng zhōng ràng huáng dì zhī dào
冤屈，约好要上万民书。倘若这事传入宫中，让皇帝知道
le qǐ bú shì fàn le qī jūn zhī zuì rú guǒ fàng le tā yòu wéi bèi le sì tài zǐ zhī
了，岂不是犯了欺君之罪？如果放了他，又违背了四太子之
mìng yīn cǐ yóu yù bù jué wáng shì jiāng chuán dān kàn wán hòu lì jí tóu rù xiāng lú
命，因此犹豫不决。"王氏将传单看完后，立即投入香炉
zhōng yòu yòng huǒ qián zài huī shang xiě xià qī gè zì fù hǔ róng yì zòng hǔ nán qín
中，又用火钳在灰上写下七个字："缚虎容易纵虎难。"秦
huì kàn wán méi yǒu zhī shēng diǎn le diǎn tóu bǎ zì jì dōu mǒ píng le
桧看完没有吱声，点了点头，把字迹都抹平了。

liǎng rén zhèng zài shāng yì zhe zhè shí mò qí xiè pài rén sòng lái huáng gān gěi qín
两人正在商议着，这时，万俟卨派人送来黄柑给秦
huì jiě jiǔ qín huì shōu xià fēn fù yā huan pōu lái xià jiǔ wáng shì xiào dào qiān wàn bú
桧解酒。秦桧收下，吩咐丫鬟剖来下酒。王氏笑道："千万不

yào pōu huài le zhè ge huáng gān jiù shì shā yuè fēi de guì zi shǒu qín huì wèn zhè
要剖坏了！这个黄柑，就是杀岳飞的刽子手！”秦桧问：“这
huà shén me yì si wáng shì shuō dào ruò jiāng zhè gān zi tāo kōng le jiù néng jiāng xiě
话什么意思？”王氏说道：“若将这柑子掏空了，就能将写
hǎo de xiǎo piào cáng zài lǐ bian zài jiào rén zhuǎn sòng gěi mò qí xiè gào su tā jīn yè zài
好的小票藏在里边，再叫人转送给万俟卨，告诉他今夜在
fēng bō tíng jié guǒ le yuè fēi sān rén de xìng mìng zhè zhuāng shì bú jiù wán jié le ma
风波亭结果了岳飞三人的性命！这桩事不就完结了吗？”
qín huì dà zàn lì jí jiào rén qù bàn
秦桧大赞，立即叫人去办。

dà lǐ sì yù guān ní wán shì gè gāng zhèng bù ē de rén duì hán yuān rù yù de
大理寺狱官倪完是个刚正不阿的人，对含冤入狱的
yuè fēi sān rén shí fēn zhào gù zhè yì tiān shì chú xī yè ní wán tè yì zhǔn bèi le yì
岳飞三人十分照顾。这一天是除夕夜，倪完特意准备了一
zhuō jiǔ cài qīn zì sòng dào yuè fēi fáng nèi yuè fēi xiè le ní wán biàn zài páng biān zuò xià
桌酒菜，亲自送到岳飞房内。岳飞谢了，倪完便在旁边坐下
xiāng péi tā men yì biān hē jiǔ yì biān xián tán hū rán jué de yí zhèn hán qì xí lái
相陪。他们一边喝酒，一边闲谈，忽然觉得一阵寒气袭来。
ní wán qǐ shēn yí kàn yuán lái wài miàn yǔ xuě fēn fēi yuè fēi xiǎng qǐ zì jǐ mǎn qiāng ài
倪完起身一看，原来外面雨雪纷飞。岳飞想起自己满腔爱
guó rè xuè yì xīn xiǎng bào xiào zǔ guó ér jīn què zāo cǐ láo yù zhī zāi xīn zhōng shí
国热血，一心想报效祖国，而今却遭此牢狱之灾，心中十
fēn qī kǔ biàn jiào ní wán qǔ lái zhǐ bǐ xiū shū yì fēng dì gěi ní wán shuō ēn
分凄苦，便叫倪完取来纸笔，修书一封，递给倪完说：“恩
gōng rú guǒ wǒ sǐ le qǐng ēn gōng qián wǎng zhū xiān zhèn nà er yǒu wǒ de shēng sǐ zhī
公，如果我死了，请恩公前往朱仙镇，那儿有我的生死之
jiāo shī quán niú gāo hù zhe shuài yìn hái yǒu yì bān dì xiōng men tā men gè gè shì yīng
交施全、牛皋护着帅印，还有一班弟兄们。他们个个是英
xióng hǎo hàn rú guǒ tā men wén zhī wǒ de sǐ xùn bì dìng huì zuò chū bù zhōng bú xiào de
雄好汉，如果他们闻知我的死讯，必定会做出不忠不孝的
shì lái ēn gōng jiāng cǐ shū sòng qù yì zé jiù le cháo tíng èr lái yě chéng quán le wǒ
事来。恩公将此书送去，一则救了朝廷，二来也成全了我
yuè fēi de míng jié ní wán jiē guò shū xìn cáng hǎo shuō dào rú guǒ yuán shuài yǒu shén
岳飞的名节！”倪完接过书信藏好，说道：“如果元帅有什

me chā cuò xiǎo guān
么差错，小官
yě bù tān liàn zhè wēi
也不贪恋这微
guān bó lù dài le
官薄禄，带了
jiā juàn huí xiāng xià
家眷回乡下
qù xiǎo guān jiā lí
去。小官家离
zhū xiān zhèn bù yuǎn
朱仙镇不远，
yí dìng huì jiāng shū xìn
一定会将书信
sòng dá
送达！”

岳飞取过纸笔来，修书一封，递给倪完

dà yuē èr gēng
大约二更
zhī hòu yí gè yù zú qīng qīng zǒu lái zài ní wán ěr yǔ le jǐ jù ní wán liǎn sè shà
之后，一个狱卒轻轻走来，在倪完耳语了几句，倪完脸色霎
shí dà biàn yuè fēi máng wèn hé shì zhè yàng jīng huāng ní wán zhī dào mán bu guò zhǐ
时大变。岳飞忙问：“何事这样惊慌？”倪完知道瞒不过。只
dé guì xià shuō huáng shang xuān zhǐ ràng yuè fēi fù zǐ dào fēng bō tíng qù jiē zhǐ yuè yún
得跪下说皇上宣旨，让岳飞父子到风波亭去接旨。岳云、
zhāng xiàn zhī dào dà xiàn yǐ zhì bù gān xīn guāi guāi shòu sǐ dàn bèi yuè fēi hè zhù yù zú
张宪知道大限已至，不甘心乖乖受死，但被岳飞喝住。狱卒
shàng lái jiāng tā sān rén kǔn zhù yā wǎng fēng bō tíng sān rén zài fēng bō tíng cóng róng jiù
上来将他三人捆住，押往风波亭。三人在风波亭从容就
yì shí nián yuè fēi sān shí jiǔ suì yuè yún èr shí sān suì
义。时年岳飞三十九岁，岳云二十三岁。

yuè fēi yù hài de xiāo xi chuán kāi hòu jǔ guó shàng xià wú bù āi tòng dà jiē xiǎo
岳飞遇害的消息传开后，举国上下无不哀痛，大街小
xiàng chōng chì zhe duì qín huì de zhòu mà yuè fēi sǐ hòu èr shí duō nián jí shào xīng sān shí
巷充斥着对秦桧的咒骂。岳飞死后二十多年，即绍兴三十

二年（1162年）六月，主张抗金的宋孝宗登基，为了合乎民心，接受太学生程宏图“昭雪岳飞之罪”的奏请，七月便颁诏为岳飞昭雪。此后，朝廷陆续追赠岳飞为鄂国公，加封武穆王，赐谥“忠武”，配享太庙。孝宗下令寻找岳飞遗体，按王礼迁葬于西湖边的栖霞岭南麓，即今天的杭州岳墓所在地。隆兴二年（1164年），朝廷赐建智果院力褒忠衍福寺，即

岳飞、岳云、张宪三人大义凛然地来到风波亭

今天岳王庙的前身。后人为了纪念岳飞，将这座寺庙修成一座岳王庙，还在这儿筑了坟堆，供人们瞻仰吊唁。在岳飞的坟旁，人们用铁铸成秦桧夫妇的跪像，让他们永受后人的唾骂。